CB121115

Tabla

LEYLÂ ERBIL

UMA MULHER ESTRANHA

tradução
MARCO SYRAYAMA DE PINTO

A FILHA

diário 1950–52

Hoje, o Bedri nos levou, a Meral e a mim, à Lambo, uma pequena taverna perto do Mercado de Peixes de Beyoğlu. Bem agradável. Frequentada por poetas, pintores, jornalistas. Ele nos convidou para comemorar, com um bom vinho, a publicação de um poema seu na revista literária *Varlık*. Sem que o pessoal aqui de casa soubesse, claro. Se ficasse sabendo, faria um escarcéu.

*

Hoje, de novo, a mamãe está que é uma pilha de nervos: o papai foi despedido e ela não para de falar "Ele mexe com os poderosos, fica retrucando! Como se nós tivéssemos condições de nos mudar para uma mansão em alguma das ilhas de Istambul. Por que é que tem que se meter com essas coisas de 'justiça' e 'direitos'? Melhor ficar quieto, fechar essa boca de uma vez". Então, eu perguntei, "Mas o que a senhora espera que ele faça, mamãe? Que se humilhe para esses burgueses só porque são uns ricaços?". Ela me esculachou, "Não se intrometa! Você e seu pai são iguaizinhos; cabeça nas nuvens!". Se o papai tivesse ouvido isso, ela ia ver o que é bom pra tosse!..

A Meral e eu cabulamos a última aula e fomos para a Lambo. Conhecemos um poeta e um contista. Encantadores. Eu queria muito ler meus poemas para um deles, mas senti um certo constrangimento. A Meral me perguntou por que eu não os mostrei ao Bedri. Ela, é claro, nem imagina que seu irmão me paquerou faz um tempinho. Eu não dou a mínima para esse rapaz.

Hoje eu contei ao *mösyö*[1] Lambo que gostaria de ler meus poemas para alguém. Na mesma hora ele me apresentou a um homem que estava bebendo no balcão. Eu não imaginei que fosse *Ele*. Fiquei tão apavorada que até fingi que os poemas não estavam comigo. Combinamos de nos encontrar numa taverna chamada Çardaș, em Tünel. Ele vai ler. Isso se eu não morrer de ansiedade antes.

A Çardaș é um longo corredor, de uma imensa e apavorante escuridão. Não o reconheci de imediato. Uma forma esbranquiçada e oscilante acenou de uma mesa

1 Esse e outros termos fazem parte do glossário que se encontra ao final do livro. [N. E.]

lá dos fundos. Nós nos sentamos, um diante do outro, e começamos a conversar de uma maneira meio desconexa. Tive a impressão de que ele se sentia desconfortável, quase intimidado pela minha presença, e essa atmosfera negativa também me afetou. Eu me arrependi mil vezes de ter ido àquele encontro. "Leia, chefe! Vamos ver o que você tem aí", ele disse de súbito. Desconcertada com essa grosseria, eu li, toda temerosa, um dos meus poemas mais bonitos, que termina assim:

Quem são os que nos condenam ao subsolo?
Irmãos, os céus são de um azul sem fim;
como é pálida, porém, a nossa tez.

"Você é operária?", ele me perguntou com um ar seriíssimo. Estava caçoando de mim? "Não sou, mas tenho parentes que são", respondi. Ele não disse nada. Então, li para ele o "Soneto das meninas decaídas".

Devem as nossas meninas sempre se lamentar
por não serem capazes de ir para a guerra?

Ele coçou o nariz. "Você quer ir para a guerra?"

Eu lhe expliquei que a palavra "guerra" fora usada em um sentido bem amplo. O poema expressava a ideia de que, se as mulheres não tivessem o direito de participar de uma "guerra" qualquer, acabariam por compor um "exército de mulheres decaídas". Para ser sincera, achei impossível que ele não tivesse entendido. Por fim, li "Sangue", um poema que escrevi sobre o pânico que domina uma garota no dia da sua primeira menstruação:

Será isto o calcanhar de Aquiles
que na minha cama se cortou,
ou uma ferida aberta pela
colisão das águias no céu?
Sem cessar o sangue flui
de um mal que corta seu peito.
Sufoca os olhos, o pulso e o mar,
sufoca o mar acorrentado,
sufoca sem cessar.

"Que sangue é esse? Não entendi muito bem", disse ele, apertando os olhos. Eu compus um poema abstrato para ser difícil de entender mesmo. Mas claro que não podia dizer isso a ele. "Tentei simbolizar o horror da guerra", expliquei. "Abençoadas mãos... Escreveu muito bem, mas você ainda é jovem demais para ser poeta. Guarde-os na gaveta por uns meses, depois leia de novo. Amanhã vou trazer alguns livros para o Lambo; leia-os também." Ele estava sendo educado, mas é óbvio que não gostou dos meus poemas. Devia até estar rindo por dentro o tempo todo. "Siga escrevendo, escreva, escreva sem parar, jogue tudo num canto, mas nunca pare de escrever." É isto: a minha única esperança e o meu único refúgio foram destroçados. Já não tenho razão de viver; só me resta a morte.

Passei na Lambo para buscar os livros. Ele não estava lá. Eram livros que eu já tinha lido! Como me sinto terrivelmente infeliz!..

*

O papai arrumou um novo emprego.

*

Eu e a Meral fomos à Lambo hoje. Conhecemos:
um ator que acaba de sair da prisão,
um poeta que acaba de sair da prisão,
um arquiteto que acaba de sair da prisão,
um jovem contista e um jovem jornalista que ainda não foram para a prisão.

Quando estávamos indo embora, o poeta Halit e o arquiteto Necat se levantaram e nos acompanharam até o ponto de ônibus. Ambos são adoráveis. Amanhã nos encontraremos com eles para um chá no Degustasyon. A Meral é vidrada no Necat. E, para ser franca, eu até que tenho uma queda pelo Halit. Daqui a uma semana ele deverá partir para um exílio forçado no vilarejo dele.

*

Hoje, enquanto a Meral e o Necat foram a uma exposição de quadros, eu e o Halit ficamos sozinhos no Degustasyon. De repente, senti um medo estranho se apoderar de mim, mas conversar com o Halit dissipou esse sentimento. Ele é um rapaz bastante direto. Cheguei um pouco tarde em casa, mas a mamãe nem reparou.

*

Hoje a mamãe estava chorando de novo. A tia Hamdiye veio nos visitar e lhe disse: "O povo anda falando de você: 'Essa mulher estranha interrompeu a geração de Hasan, não foi capaz de dar um herdeiro pra ele'".

*

Hoje eu me encontrei de novo com o Halit. Na Çardaş, dessa vez. Ele me descreveu as torturas que sofreu quando estava preso. Falou das coisas mais terríveis com um tom zombeteiro, como se tivessem acontecido com outra pessoa. Rapaz estranho. Por exemplo, quando descrevia as bastonadas, riu desbragadamente... quando fizeram uma fila para chutá-lo e ele devolveu os chutes... quando dava cusparadas no rosto de alguém... e quando cuspiu na cara de um policial que tinha torcido os testículos dele. Aquilo tudo me dava arrepios. Ele simplesmente continuava a gargalhar. Ele disse que o policial não era culpado. Tinha sido treinado para isso — era apenas o seu trabalho. Será que isso é algum tipo de façanha, não se deixar levar por sentimentos de vingança perante a injustiça?

*

O Halit veio à universidade hoje. Saímos juntos e fomos para a Lambo. Uma hora a porta se entreabriu. *Ele* pareceu que ia entrar, nos viu e foi embora sem nos cumprimentar. Sujeito estranho.

Hoje é o último dia. Eu me encontrei com o Halit no Degustasyon. Nem sei como aconteceu, mas quando me dei conta eu estava desabafando com ele. Falei, falei e falei até ficar tonta. Como se estivesse conversando com a Meral, eu expus a ele as minhas angústias mais íntimas: a tirania da minha mãe, os nossos desentendimentos, a minha condição de prisioneira em casa, a pressão religiosa que ela impõe sobre mim, meus sofrimentos, e até as minhas ideias de suicídio caso eu não consiga a minha liberdade. Ou talvez fugir de casa. Falei que ninguém me entende, contei tudo sobre a minha melhor amiga, a Meral, e também como eu encontro refúgio na poesia, que é a única coisa que me mantém viva. Algo aconteceu comigo, eu simplesmente fui falando sem parar, me sentindo mais desolada do que nunca. Comecei a chorar. Ele secou as minhas lágrimas com o seu lenço, como se eu fosse sua filha. Esse gesto me fez perder completamente a cabeça e fiz uma coisa que, só de lembrar, me dá uma certa repulsa: beijei as mãos que secavam as minhas lágrimas. Os dedos dele cheiravam a tabaco amargo. Como pude fazer isso? Eu mesma estava surpresa. Na verdade, acho que confundi o sofrimento pelo qual ele havia passado com o meu. Era como se o que aconteceu com ele fosse por minha culpa, e eu queria me redimir. Ele se manteve sereno e esperou que eu me acalmasse para então dizer que todos os sofrimentos do mundo e da Turquia estavam ligados à situação política. Pensei ter compreendido o que ele queria dizer, mas eu ainda achava estranho que ele sempre usasse o cérebro como uma faca afiada, até nos momentos mais delicados como esse. Principalmente porque conhecer ou compreender não liberta ninguém dessas dificuldades! Se só posso ser feliz uma vez que eu seja livre, e o mundo insiste em me negar a liberdade, então, simplesmente, jamais será possível que eu me sinta feliz... Talvez as coisas sejam mais suportáveis quando se tem alguém com quem dividir nossa infelicidade. Quem sabe, se o Halit ficasse aqui, eu teria mais forças para aguentar tudo. Mas ele vai embora amanhã... "Você é como uma irmã para mim. Venha me visitar quando quiser. O que é meu é seu também..." Ele me convidou porque tem um coração generoso, mas eu sei que ele só tem pobreza e desesperança para dividir. Mesmo assim, sua presença me deixava muito feliz... Desabei totalmente com as suas palavras. Dessa vez ele pegou as minhas mãos, virou-as e beijou as palmas. Houve um longo longo longo silêncio. Quando o momento de nos separarmos foi se aproximando, nossos olhos se fixaram na toalha suja. De vez em quando, meu olhar pousava nas cinzas sobre um resto de queijo de cabra. Acendemos um cigarro sabendo que seria nosso último. Ele rabiscou algo nas costas de um maço de Yenice e me deu:

Ferido e destroçado, meu coração canta
Teus olhos são a terra e a doce esperança
Que é tudo, meu amor.

Estávamos apaixonados? É isso que chamam de amor? Se for, é um tanto cômico, não?

*

Hoje depois do banho, pus bigudinhos no cabelo. Sentei na poltrona verde ao lado do aquecedor. Lixei as unhas. O papai ainda não tinha chegado. A mamãe se sentou na beirada do velho sofá, na minha frente. Escolhia lentilhas. Ela se afastou por um momento, voltou ao mesmo canto e acendeu um cigarro. Senti que uma tempestade se aproximava. Ela começou com os ímpios. Depois falou das torturas que os mentirosos iriam sofrer no inferno.

Da ira divina dirigida às mulheres que não se cobrem de acordo com as leis islâmicas. "Então por que você usa chapéu?", perguntei. "Seu pai", ela esbravejou, "por causa do seu pai. Foi ele quem me forçou a usar. Que Deus não considere isso pecado. Estou em pecado por causa dele." Ouvi por um bom tempo, sem dizer palavra. Ah, se ela saísse e eu pudesse ir para o meu quarto retomar a leitura de *Konoválov*, de Gorki. Faltam só umas poucas páginas. Quero penetrar no espírito dessa obra. Acho que já a li umas dez vezes. Algumas passagens eu sei de cor. Ela se levantou e se dirigiu à porta. Ergui a cabeça e observei sua mão na maçaneta. De repente, ela se voltou e me perguntou se, ao tomar banho, eu tinha feito a ablução ritual completa. Se eu ficasse calada, é claro que haveria problemas. "Fiz, sim", respondi, sem olhar para ela. "Não acredito em você", ela disse, plantando-se com firmeza diante da porta. "Não confio nem um tiquinho em você. Há maldade nos seus olhos. Você é capaz de qualquer coisa, qualquer coisa. Não tem um pingo de caráter. E leva uma vida dupla. Eu não sei o quê, mas sinto que você esconde algo de nós. Lembre-se, eu sigo os mandamentos de Deus. 'Deves ensinar à tua prole' — essa é a minha obrigação. Você pode fazer o que quiser em segredo, mas não se esqueça de que o que é feito às escondidas neste mundo será revelado no próximo. Lá, vamos ficar cara a cara. Se você mentiu para nós, se você ocultou coisas de nós, no outro mundo serpentes e centopeias vão te devorar..." "Já entendi, já entendi", eu disse, tentando sair, mas ela bloqueava a passagem. "Ah, por acaso a senhorita não gostou dos meus conselhos?", ela perguntou. "Com licença, preciso voltar aos meus estudos", respondi. "Então quer dizer que isto não é uma aula? Um ensinamento do próprio Deus? Saia já daqui! Malditos sejam os seus estudos!", ela disse e me deu um tapa na cara. Corri para o meu quarto chorando. Agora vou ler *Konoválov.*

*

Hoje conheci um rapaz chamado Halûk. Está cursando história. Ele conversou abertamente comigo, mas sem sequer me encarar, sem me olhar nos olhos durante todo o tempo em que conversamos. Eu me senti à vontade perto dele. Ficou bem claro que é um rapaz pobre; sua roupa era um farrapo só.

*

O Halûk zanzava pelo corredor do nosso andar, com a mesma jaqueta cor de chumbo, camisa xadrez e sapatos disformes. Chegamos para as aulas com uma hora de antecedência. Fomos para a cantina. Ele notou o livro de Gorki sob o meu braço. "É muito bom", disse ele, com uma expressão de profundo conhecedor. Conversamos. Ele é natural do Chipre. Mora em Kadıköy, de aluguel. Na casa de um parente bem de vida. "Quer dizer, num anexo", acrescentou sorrindo. "Sou uma espécie de vigia." Carregava vários livros debaixo do braço. Ele me passou umas traduções do ativista Kerim Sadi para ler.

*

A Kevser, a Ayten, o Şeref, o Sadi e eu fomos ao chá dançante da faculdade de medicina. Falei para a minha mãe que eu ia a um seminário de linguística. A Ayten não tem pai e a mãe dela é servidora pública em algum lugar. A Ayten quer que eu flerte com o Sadi. "Mas por quê?", perguntei. "E por que não? Ele é bem bonito", ela retrucou. Que estranho, ela só pensa em flertar. Se alguém, não importa quem, mostra algum interesse por ela, a Ayten logo corresponde. Não é nem um pingo exigente. O baile estava chato. Só uma porção de rapazes e garotas dançando uns com os outros. Que besteira.

*

O Halûk me apresentou a um amigo dele hoje. Ele o chamava de irmão Ömer. Falamos de literatura. Nenhum deles gosta de Tolstói. Eles simplesmente acabaram com o grande escritor. Aí mudaram o assunto para Nâzım Hikmet. O Ömer declarou que gosta mais da integridade e das atitudes de Nâzım do que da sua poesia. Que sujeito estranho esse Ömer. "Me chame de irmão Ömer, irmãzinha", ele disse. "Tudo bem", concordei. Ele deve ser do Leste. Como o meu Halit.

*

A Neriman, filha mais velha da tia Havva, deu à luz hoje. O marido dela foi transferido para Ancara; partem amanhã. Ela veio se despedir e beijar a mão da minha mãe. A mamãe elogiou a Neriman a noite toda, falou do tipo de mulher que ela é, que foi para a faculdade, mas mesmo assim não deixou de ser religiosa. Ela jejuava no Ramadã e ajudava a mãe dela nos afazeres domésticos. E não deixava nem um fio de cabelo descoberto.

*

Nunca mais vou dançar. Nem ir a esses chás dançantes. Você vai até a pista de dança, depois volta para o seu lugar. Já faz um tempo que, ao ir da pista de dança para o meu lugar, me sinto estranha, envergonhada, arrependida. Não sei muito bem o que isso significa, mas é horrível, desagradável até, caminhar da pista até o meu lugar. E todas as garotas dão aquele sorriso atrevido ao voltar para o lugar delas.

*

As garotas insistiram que eu fosse ao Chá Dançante da Engenharia. Lá em casa eu disse que ia ao aniversário da Ayten. Por alguma razão a minha mãe gostava da Ayten. "Percebe-se pelo rosto dela que é uma moça direita..." Eu não dancei. Só fiquei assistindo aos dançarinos voltarem aos seus lugares. A Kevser e o Şeref dançaram de rosto colado, cabeças juntinhas e, abaixo da cintura, bem separadinhos. Provavelmente eles acreditavam que, assim fazendo, salvaguardariam sua honra. A Kevser havia pintado as bochechas da cor da maçã do amor. Um rapaz chamado Ahmet, que disse ser amigo do Şeref, se aproximou da mesa. Ele me convidou para dançar, mas não aceitei. "Por quê?", ele perguntou. Eu lhe expliquei. "Você é bem interessante", ele disse e me perguntou do que eu mais gostava. "De poesia", respondi. No mesmo minuto ele passou a falar de poesia. Sua atitude era de alguém que queria mostrar que é versado em todas as áreas. Ele disse que se Nâzım Hikmet não tivesse sido tão engajado na sua produção literária, seria um ótimo poeta. Ele admirava muito Ziya Osman Saba, mas não gostava nada de Orhan Veli. Que absurdo é esse? Então me dei conta de que ele tinha inventado suas preferências na hora, mas não joguei isso na cara dele. Só me calei. E ele também, depois de esgotar o seu repertório, se calou. Ele disse que iria à faculdade para me ver. Olha só, e o que ele acha que eu faria se ele fosse?

Eu contei ao Halûk da reunião de ontem e sobre o Ahmet. Rimos muito. Eu havia começado a ler *Totem e tabu*, do Freud. "Não perca tempo", ele disse. Se meu propósito era me desenvolver intelectualmente, então eu deveria ler outras obras primeiro, ele argumentou. Vai me trazer alguns livros, sob a condição de que eu os leia e devolva em uma semana. Parece que são livros proibidos. O Halûk é um bom rapaz, mas é difícil entendê-lo. Está convencido de que todos os professores são burros e uns charlatães que sofreram lavagem cerebral. "Um dia você também vai perceber isso", acrescentou.

No intervalo, o Şeref, a Kevser e eu estávamos conversando na cantina. Do nada o Ahmet apareceu. Estava usando uma blusa amarelo-pálido e tinha o cabelo bem penteado. Sentou conosco, mas eu não troquei nenhuma palavra com ele. A atmosfera ficou pesada. Quando ele e o Şeref estavam indo embora, o Ahmet apertou a minha mão tão forte que gritei "Ai!". Os outros se assustaram. O Şeref olhou torto para o Ahmet.

*

O Halûk chegou hoje com uma mochila cheia de livros. Entregando-a para mim, me advertiu: "Não dê nem mostre a ninguém; leia e depois esconda".

A Kevser diariamente me traz notícias do Ahmet. Desde aquele dia na cantina, ele não deixa o Șeref em paz. Parece que ele está loucamente apaixonado por mim e, por minha causa, não consegue mais se concentrar nos estudos, passa o dia inteiro nos cafés de Sultanahmet jogando cartas, tudo por causa da paixão por mim. "Que patético!", eu disse à Kevser. Ela se ofendeu. Ela e o Șeref acharam que iam me convencer de viver um romance com aquele idiota.

*

Estou lendo os livros que o Halûk me emprestou. Na mochila também havia folhetos manuscritos, além de alguns panfletos. Queimei tudo aquilo. Agora estou lendo *O capital*, resumido por Gabriel Deville, na tradução de Haydar Rifat, que dedicou o livro a um tal de senhor Șekerzade Edip Izzet. Que românticos, esses tradutores antigos.

*

Recebi carta do Halit. Ele fez um longo poema para mim. Um poema muito bonito, de verdade. À noite respondi a ele. Falei da minha família, do que eu tenho vivido aqui, de tudo. Mandei-lhe os meus poemas mais recentes. Para ser sincera, eu agora estou mais interessada nas situações e nas pessoas com quem me envolvi, do que em escrever poesia. Os poemas que lhe enviei não são bons, eu sei.

*

Prenderam o Halûk e alguns outros com ele. Estou muito aflita. O que vai acontecer agora?

*

Assim que cheguei em casa, escondi os livros do Halûk, caso venham revistar. Por que será que ele foi preso? O coitado não fez nada de errado! Não tenho a menor vontade de ver gente. Vou inventar alguma história para contar à minha mãe e ficar em casa hoje. Será que devo tentar visitar o Halûk? Que tipo de lugar deve ser a prisão? Está preso naquela em Sultanahmet. O que vão fazer com o garoto?

Tive um sonho na noite passada, em preto e branco: estou olhando para um quadro pintado há muito tempo. Não se sabe quem pintou, nem como. As pessoas desenhadas com traços em preto. Pego o quadro e saio para uma rua longa e estreita. Ao andar por ela, do nada o Bedri surge ao meu lado. Mostro-lhe o quadro e caminhamos juntos. A rua é tão longa e estreita que a luz ao fundo dela brilha como a lua. Acima de nós há uma faixa fina e comprida de céu. De repente, o quadro decola e o pedaço do firmamento é preenchido por pessoas feitas de fuligem, como decalques. O fundo branco do quadro dá lugar ao azul desbotado do céu. O Bedri corre, gritando: "Pessoas, pessoas!", e se esconde, entrando pela porta aberta de uma casa. Corro atrás dele, mas ele fecha a porta na minha cara. Não há mais ninguém na rua além de mim e algumas crianças. Elas vêm correndo em minha direção, chorando. "Não tenham medo!", eu digo, mas também grito: "Mãe! Mãe!", e começo a soluçar. Os decalques fuliginosos se desprendem do céu e começam a despencar sobre nós como chuva. Eles caem em direção aos telhados das casas. Está escurecendo e há cheiro de fuligem e queimado por toda parte. Minha mãe aparece vinda da lua ao fim da rua, com um penico branco na mão. "Não tenha medo, já estou indo", ela grita. As pessoas fuliginosas estão caindo na terra, entre as pedras, à minha direita e à minha esquerda. Uma cai na minha coxa direita e gruda nela. É o Bedri. Minha mãe põe o penico embaixo de mim e me provoca: "Arrependa-se, peça perdão, você pecou, diga-me o que você fez, você ainda é virgem?". "Querida mamãe, não fiz nada de errado!", respondo. Sinto uma brisa soprar cada vez mais perto, soprando e levando toda a fuligem, e as crianças dão gritos de alegria. O decalque do Bedri desaparece da minha perna. O penico fica do tamanho da rua, que se enche de bandeiras, bandeirolas de todas as nações. As crianças correm e se aglomeram para agarrar as bandeiras. Minha mãe diz: "Pegue uma você também, quero ver qual você vai escolher". Pego a que está mais próxima, é uma bandeira preta e branca bem simples. Acordo. São cinco da manhã e estou escrevendo estas coisas no meu diário. Vou para Sultanahmet ver o Halûk.

*

Hoje a Meral e eu fomos ao cinema. Após comprar o ingresso na bilheteria eu disse: "Grata!". O homem respondeu: "Aristocrata!".

*

Fui ver o Halûk. Ele ficou muito contente. Não esperava que eu fosse visitá-lo e ficou surpreso. Disse que ele e os outros foram presos por causa de atividades clandestinas. Agora ele está cumprindo o restante da pena. "Eu já sabia que seria pego. Vou ficar mais cinco meses aqui", explicou. Ele me pediu cigarro, mas eu não tinha. Dei-lhe duas liras e meia para que ele comprasse um maço. Como os cílios do Halûk são longos! Não dá nem para ver os olhos direito. Seu rosto aparecia recortado pelas grades: às vezes um olho e um pedaço da testa ficavam enquadrados, outras vezes o nariz, ou o queixo. Seu nariz é pequeno e meio voltado para a esquerda. A barba, escassa e encaracolada, estava por fazer. Os dentes são amarelados. Não deve escová-los nunca. O Halûk tem um quê de judeu. Eu lhe contei que havia começado a ler *O capital*, mas que estava achando um tanto difícil. Então ele me passou títulos de outros livros que eu deveria ler antes de *O capital*. Ele me fez memorizar um recado para o irmão Ömer. Eu deveria dizer: "O corvo branco precisa de iscas". O irmão Ömer não podia aparecer ali. Devo procurá-lo em Cibali. O Halûk me fez memorizar o endereço. "Não escreva em lugar nenhum", me pediu. Aí ele me disse que confiava em mim, mas que agora não podia expor as coisas mais claramente. "No futuro acho que seremos amigos bem chegados", comentou. Então me disse para pensar bem, antes de decidir fazer o que me pediu. "Faça só se não estiver com medo. Ter medo não é vergonhoso, mas, uma vez começado, não olhe para trás, você não pode revelar o que eu lhe disse nem mesmo se ameaçarem você de morte. Somente o irmão Ömer pode ouvir essa mensagem", ele enfatizou. Nós nos calamos depois disso. Então ele repetiu: "Pense bem, se você decidir não fazer, esqueça o que lhe falei e não volte aqui, não me cumprimente se nos virmos na rua, será como se a gente nunca tivesse se encontrado". Dei risada. "Você não me conhece", eu disse. Ele também deu risada. Despedi-me dele e voltei para casa. Ele não me conhece mesmo. Eu daria a vida por gente como ele. Não sei por que, mas os meus sentimentos me fazem sentir atração por pessoas assim. Acredito que elas são parecidas comigo e estou convencida de que lutam contra a injustiça.

*

Hoje fui a Cibali. Encontrei a casa do irmão Ömer como se eu mesma a tivesse colocado lá. Um porão com dois quartinhos numa viela. A placa na porta diz: ELETRICISTA. O quarto dele fica atrás de uma divisória de vidro. Há uma mesa e três cadeiras. Através do vidro, dá para ver tudo que se passa do outro lado. Ele provavelmente colocou aquela divisória para ficar de olho nos empregados. Lá dentro, dois rapazes de macacão trabalhavam. Quando me viu, o irmão Ömer deu um salto e disse: "Entre, minha irmã!". Ele lançou os braços ao redor de mim e deu tapinhas nas minhas costas. Ninguém nunca tinha me abraçado desse jeito tão caloroso. Fiquei emocionada. Eu entendi que tinha nascido para isso, e que eu deveria seguir cegamente os passos dessas pessoas, aonde quer que me levassem. Ele estava tomando chá de tília. Já tinha dado alguns goles, mas me passou a xícara. "Pode tomar, eu peço outra para mim", ele disse. "Fui ver o Halûk", eu lhe contei. "Fale mais sobre isso, irmãzinha." Ele não perguntou se eu tinha algum recado para ele, apenas me olhava. Esperei um momento. Ele não perguntou. E não ia perguntar. "O corvo branco precisa de iscas", eu disse. "Mas que sujeito insolente!", exclamou de imediato, e então: "Muito bem, irmãzinha, muito bem! Mais alguma coisa?", indagou. "Só isso", respondi. "Combinado", declarou ele. "Agora você já pode ir. Aqui não é um lugar seguro. Não quero que nada de mal aconteça a você." Sem nem mesmo deixar que eu terminasse o meu chá de tília, ele me mandou embora por um atalho. Olhei para trás do alto da escada que dava para a rua e vi que ele tinha colocado um chapéu de trabalhador e se preparava para sair. Que dia agitado! É exatamente assim que quero que seja cada um dos meus dias.

*

Fui visitar o Halûk de novo. Dei-lhe cinco liras. Contei o que aconteceu. Ele disse apenas: "Ótimo, obrigado". Então, de repente, eu comecei a falar do Halit. "Éramos amigos, ele é um bom rapaz", comentou. Mas pareceu ter ficado um pouco ofendido. Não disse mais nada. Antes de eu sair, ele me fez um pedido: "É melhor você não vir mais aqui. Tenho medo que você se meta em encrenca por nossa causa". "Imagine!", eu disse, dando uma boa risada.

*

A família da Meral comprou uma casa em Pendik e se mudou para lá. "O Bedri está apaixonado por você. Ele sempre pergunta por você", disse a Meral.

Hoje fiquei em casa. Eu disse à mamãe que tinha que me preparar para as provas escritas. Ela me lançou um olhar severo, mas não me perguntou nada. Escrevi uma longa carta para o Halit. Falei do Halûk, que eu tinha ido visitá-lo e que ele vai ficar detido por mais alguns meses. Não mencionei que o Halûk também o conhecia e outras coisas mais. Vamos ver a reação dele. Pensei muito hoje. Principalmente no Halûk. Quem ele era, o que ele era? Por que confio tanto em pessoas assim? Mais do que confiança, é respeito. Quem sou eu, o que estou fazendo? O que eles estão fazendo? "O corvo branco precisa de iscas." Estou ajudando pessoas sem ter a menor ideia do que se trata. O que está por trás disso? Por que ele não me fala nada? O que eu faria se os meus pais soubessem disso? Será que essas pessoas têm alguma relação com Moscou? Não pode ser. Essa história de conexão com Moscou deve ser uma invenção da polícia. Quem são essas pessoas?.. Não importa quem são. Vou fazer o que me parece certo. Vou me tornar uma delas. Qualquer coisa que nos diferencie das gerações anteriores, das nossas mães.

*

A Kevser e eu fomos ao cinema para ver *Viva Zapata!*. Bem bonito. A Kevser é uma garota estranha. Às vezes humilde, outras vezes pretensiosa. É de Izmir. O pai dela tem uma fábrica de tecidos lá. Ela me contou o que espera da vida. Se conseguir seduzir o Şeref, ela se casa com ele e se instala em Izmir. O pai dela já mandou construir uma casa em Karşıyaka, com a escritura no nome dela porque ela tem uma madrasta. O Şeref vai trabalhar na empresa do pai dela para que a madrasta não interfira em nada. "Aquela mulher não vai tocar nem no dinheiro, nem na propriedade", a Kevser asseverou. Fiquei chocada, mas acho que eu também me comportaria assim se tivesse sido criada nessas condições. Depois do cinema, demos um pulo na Lambo. Ela gostava muito de lá. Mas me avisou: "Nem pense em falar para o Şeref". "Tudo bem", concordei. Nada de carta do Halit.

*

Esta manhã, eu estava entrando no prédio da faculdade e um jovem me barrou o caminho do portão. Um policial. Eu disse que não tinha nada a ver com a polícia. "Me acompanhe, por favor. Isso vai durar cerca de uma hora." Percebi que não havia jeito de escapar, o homem estava decidido a me levar. Eu não fazia ideia de como me portar numa situação como essa; que idiota eu fui de não ter aprendido. Deve haver um jeito correto de falar com um policial, de acompanhá-lo. De qualquer forma, começamos a andar lado a lado. "Ande", eu disse a mim mesma, "não tenha medo. O que você fez? Você deu o primeiro passo para destruir a podre ordem social, isso mesmo. Vamos, avante, marche, direita, esquerda, direita, esquerda. Você não vai falar mesmo se te ameaçarem de morte, mesmo se te ameaçarem de morte..." O homem usava um enorme chapéu de feltro preto, como os cegos usam, e caminhava sem dizer palavra. Como reagiria a minha mãe se me visse nessa situação? Não tenho medo da polícia, mas tenho medo da minha mãe, de casa, se a minha família souber do incidente. Chegamos a um prédio, subimos as escadas e entramos num escritório. Lá, sentado atrás de uma escrivaninha, havia um homem muito corado e que devia ter entre quarenta e cinco e cinquenta anos. "Eu a trouxe, senhor", disse o meu acompanhante e então saiu. Fiquei sozinha no escritório com ele, que olhou para mim com atenção, me analisando dos pés à cabeça. "O senhor me chamou. Posso saber a razão?", perguntei. Eu suava a cântaros depois da correria das ruas. O homem perguntou o nome dos meus pais, a minha idade, onde eu estudava, anotando tudo. Então, levantando-se, perguntou: "Você não tem vergonha?". "Do que eu deveria ter vergonha?", perguntei. "Vamos, me diga o que você e aquele cachorro do Salih tramaram." "Não conheço ninguém chamado Salih", respondi. O homem disse que sabia que eu tinha ido visitar o irmão Ömer. O verdadeiro nome dele era Salih. "Vamos, desembuche", gritou. Eu disse que não tinha nada a declarar, que conhecia o Halûk e que ele era meu amigo e que, quando ele foi preso, eu só cumpri o meu papel de ser humano ao ir visitá-lo, e que fui dizer ao irmão Ömer que tinha ido visitar o Halûk e que ele estava bem. O homem se aproximou de mim: "Sua idiotinha!", disse, parecendo *ele* um idiota. "Eu não nasci ontem, que inferno, quem você pensa que está enganando, hein? Vou dar cabo desse seu rostinho de merda..." Ele lançou uma ameaça atrás da outra com o propósito de me aterrorizar. Foram tantas e tão numerosas suas intimidações que, a certa altura, eu já nem ouvia nada. Eu só tentava imaginar o que ele realmente podia fazer. Não estava preocupada em ser espancada, o que eu temia era que ele me jogasse no chão e se lançasse como um animal sobre mim. Imagine se aquele precioso pedaço de membrana que a minha mãe tanto valoriza fosse rompido por um policial e ainda mais num ambiente como aquele? Num chão de madeira. Se eu conseguir sair hoje daqui sã e salva, pensei, vou me apressar em buscar um rapaz sensato para tirar logo esse treco de mim — que coisa nojenta é tudo isso. O Ahmet, por exemplo, seria um bom candidato. Reprimindo um sorriso, olhei para o homem que espumava nos cantos da boca enquanto falava. Havia um quê de fingimento, de presunção, na atitude dele. De repente, um tapa acerta o meu rosto. Gritei de tal maneira que até eu mesma me assustei. O sujeito deu um passo para trás. Não tinha doído tanto assim, mas eu não esperava por aquilo. "O senhor não tem o direito de fazer isso", eu berrei. "Sua idiota", ele me xingou, com um sorrisinho. A porta se abriu e entrou um outro sujeito, mais jovem. Ao entrar, o moço imediatamente adotou a posição de sentido. O recém-chegado sentou e, tomando a palavra, perguntou o meu nome. "Minha cara senhorita, eu a aconselho a não se envolver em nada mais que os seus estudos. Eu me formei em direito e tenho bastante experiência nesses assuntos." "Nesse caso", respondi mostrando a minha boca ensanguentada, "o senhor deveria saber que não se espanca uma pessoa sem nenhuma razão! O senhor deve ser responsabilizado por isso!" Ele lançou um olhar de pretensa indignação para o homem que estava em pé e continuou: "Permaneça longe dos comunistas. Não quero ver a senhorita aqui novamente. Eles podem causar problemas suficientes para destruir você e a sua família". Levantou-se e se despediu. Assim que pus os pés na rua, peguei o meu pó compacto e me olhei no espelhinho: meus lábios estavam inchados, um pouco de sangue escorria pelos meus dentes e, perto da boca, metade da minha bochecha estava vermelha. Estúpidos, filhos da puta, bastardos!.. No caminho da faculdade, repassei todos os palavrões que eu sabia. Passei na cantina, mas não havia ninguém lá. Subi um andar para a aula do Tanpınar. Há algum tempo, ele vem tratando da poesia de Yahya Kemal:

No festim da noite passada, foi sem fim a alegria,
Flutuando, o som dos alaúdes, cruzou a baía,
Canções e águas claras, o dia estava a raiar,
Lá vai o meu caíque, amor, vagando pelo mar.

Você passou de caíque por ela, e daí? Isso é razão para ela também amar você? E de quem era o caíque, afinal? Por acaso o Yahya Kemal tinha seu próprio caíque? Se sim, quanto pagou por ele? Como conseguiu esse dinheiro? Quem estava remando? Qual a condição social da sua amada? Ela é filha de quem? Ela é bonita? Rica?

*

Carta do Halit. Ele conhece o Halûk muito bem. Foram interrogados juntos. "Fique longe dele", o Halit disse. Ele vai me contar muitas coisas sobre o Halûk quando eu for visitá-lo. E planos de fuga de novo. E um poema.

*

Todo mundo anda se espionando. Em todo lugar. Quando você está sentado assistindo às aulas, com o professor, com os seus amigos, eles olham para você, você olha para eles. O que se passa dentro deles? A Meral trouxe uma carta do Bedri hoje. Quando ela veio aqui em casa. Ele só repete o que tem dito há três anos: "Vamos conversar". Sobre o quê? A Meral está muito feliz. Depois da aula, ela corre para o Necat, eles se encontram todos os dias. Eles se bastam. Não acho que algum dia eu possa vir a ser esse tipo de garota.

*

A Kevser, a Ayten e eu tivemos uma conversa franca. A Kevser estava muito elegante, como de costume. Que dinheirão ela deve gastar com roupas. Eu devo comprar sapatos novos umas duas vezes por ano, mas ela tem sapatos de todos os modelos e cores. O Şeref está no último ano de direito. Assim que terminar o curso, eles ficarão noivos. O pai do Şeref é um funcionário público de baixo escalão. Mas o Şeref não vai praticar a advocacia. Vai representar os interesses da empresa do pai da Kevser. Ela vai sair da universidade no fim do ano. "Se eu sair agora, não vou poder mais ver o Şeref e outra garota pode correr atrás dele." A Ayten arrumou outro namorado. Ele é da faculdade de medicina e se conheceram num chá dançante.

*

Estou lendo *Crime e castigo.* Personagens incríveis. O Bedri apareceu hoje, de repente. "Vamos sentar em algum lugar e conversar", ele sugeriu. Recusei. Os olhos desse rapaz zuniam pelo meu corpo como vespas selvagens com a cabeça arrancada, ferrão em riste. É isso que se chama ter *sex appeal*! A Kevser não veio para a aula hoje. O Şeref veio e, não a vendo lá, ficou completamente desnorteado.

*

A Kevser não apareceu de novo para as aulas. O Şeref esperou um tempão por ela, depois desistiu. Fui ao dormitório da Kevser. Ela está com pneumonia e teve que ir para a casa da tia em Şişli. Fui até lá para visitá-la. O pai dela também veio. Ela me deu uma carta para o Şeref.

*

A Ayten e eu fomos ao cinema depois da aula de hoje. Era um filme sobre a vida de Chopin. Achei a George Sand fantástica. Que mulher! Mais uma vez a minha mãe me recebeu com insultos. Eu disse que estava na aula de linguística. Ela não engoliu essa. "Aquilo lá não é uma universidade, é um bordel!", ela não parava de falar. Quando estava na hora do papai chegar, ela se pôs a gemer: "Ah, minha cabeça!", e foi se deitar. Que mulher estranha — se está convencida de que cometi alguma falta, ela não conta ao papai, ao contrário, esconde dele. Esperei que ele fosse me dar uma bronca, mas que nada.

Ela não deve nem ter dito que eu cheguei tarde. O papai é burro mesmo, ele deve ter acreditado que ela estava de fato doente e andou em círculos a noite inteira. Ele mediu a temperatura dela, sentiu o pulso, cozinhou e lhe levou comida na cama. Ela não tem nada, pode apostar! Também não tem febre. Só está tentando dizer: olhe só como o seu comportamento me põe doente. Ao mesmo tempo, ela está usando o papai. Depois do jantar, ela falou para eu fazer café para eles. Fiz, lavei a louça e me retirei para o meu *Crime e castigo*. O papai parte para o mar amanhã.

*

Crime e castigo.

*

Mamãe tomou *Crime e castigo* das minhas mãos e jogou no braseiro. "Vou contar para o seu pai", ameaçou. "Se você acha que eu não vou contar ao seu pai sobre as suas imundícies está muito enganada. Vou contar que você mente para mim, que lê romances fingindo que são livros da faculdade..." Eu rebati: "Pois pode contar o que quiser". Ah, já chega!..

*

As coisas foram horríveis hoje:

O Șeref foi à faculdade. Ele perguntou sobre a Kevser. Eu lhe disse: "Ela está melhor. Virá assim que estiver recuperada. Mandou esta carta". Ele pegou a carta, enfiou-a no bolso e disse: “Deixa pra lá”. Estávamos no jardim. De repente, de onde ele estava, em pé, declarou que me amava. Fiquei chocada. “Cheguei a essa difícil conclusão depois de não ver a Kevser por alguns dias”, ele confessou. Eu lhe perguntei o que ele esperava ganhar me contando aquilo. “Nada”, admitiu ele. “Eu não ia revelar isso, mas não consegui guardar.” “Bom, você não me disse nada e eu não ouvi nada”, repliquei. “Sei que eu não deveria ter tocado nesse assunto com você, mas, do contrário, teria enlouquecido”, admitiu, desanimado. Aí pensei comigo mesma: será que ele estava sendo sincero ou era só teatro? “Está bem, e o que é que você ama em mim?”, perguntei. “Ora, não é da sua conta; por que quer saber?”, disse ele, bem devagar. “Não estou implorando o seu amor.” Gostei de ouvir isso. É algo diferente para eu me entreter. Cedendo um pouco, sugeri: “Se você quiser eu posso cabular todas as aulas de hoje, aí saímos e conversamos”. Nem sei por que eu o levei à Lambo. Tomamos vinho. Ele estava silencioso, como se amuado, ou talvez estivesse com vergonha. “Vamos para outro lugar”, ele disse. Dividimos a conta, atravessamos a rua e entramos num café bem em frente à Lambo. Assim que nos sentamos, ele começou: “Sei que é uma história impossível, imoral até, mas fazer o quê? Eu percebi que amo você, não ela. Faz dias que vou para a faculdade só para poder dar uma olhada em você. Eu não ligo para a Kevser”. Eu ainda não entendia o motivo de sua atração por mim. O que poderia ser? Ele não falava nada a meu respeito, só falava dele e da Kevser. E tomava vinho sem parar. Ele me olhava profundamente, me analisando. Que coisa estranha. Depois de todo esse tempo, quase um ano de amizade, por que tamanha mudança? Senti-me culpada, e por um instante pensei em me levantar e ir embora. Bem nesse momento, o Şeref foi ao banheiro. Quando voltou e se sentou de novo, notei um pedaço de papel amassado saindo do bolso dele, com a letra da Kevser. Fiquei ressentida por ele ter lido a carta no banheiro, escondido. Mas não deixei transparecer. Será que ele é tão dissimulado assim? E para quê? Até hoje eu nunca lhe dei uma brecha, nunca lhe dei nenhuma esperança. Ou será que esse teatro todo era um subterfúgio para me deixar com ciúme? Se fosse o caso, isso provava a falta de caráter dele. "Vamos lá, Casanova, por que é que você está fazendo tudo isso?", perguntei. Ele não entendeu a provocação. Não estava fingindo. "Não fale assim. Eu tenho muito respeito por você." "Tudo bem, o que você respeita em mim? O que ama em mim?", perguntei. Ele achou que me ganharia com essa. "Tudo! Sua sinceridade, sua naturalidade, sua honestidade, o seu corpo. Você é linda — não é como as outras. A Kevser não tem o que você tem." "Certo", retruquei, "eu ouvi, agora o que quer que eu faça? Entendo e acredito em você. Não ama a Kevser, ama a mim. O que vai acontecer agora?" "Nada!", ele respondeu. "Nada, eu só quis me abrir." "Ah, é?" Ele ficou em silêncio. Mesmo bêbado, sabia proteger seus interesses. Ele teve o cuidado de se certificar de que nenhuma palavra errada escapasse de seus lábios e de não fazer nenhuma promessa, porque pensava que eu ia cair na rede de qualquer maneira. Olha só que espertinho, que sem-vergonha! Se tudo corresse conforme os seus planos, quando a Kevser retornasse no dia seguinte, ele iria retomar a relação com ela, tornando-se o genro de uma família rica; enquanto isso, teria uma aventura secreta comigo para satisfazer os seus instintos. Decidi dar uma lição nele. "Veja bem", a minha voz era suave e amorosa, "agora eu que vou expor meus sentimentos. Conheço você já faz um ano." Ele me escutava com os lábios abertos de expectativa. "Mas nunca gostei de você. Gosto da Kevser, por isso tolerei estar com você. Mas o que procuro em um amigo, e mais ainda num parceiro, é caráter. E você não tem nem um pingo disso. Calma, não me interrompa. Você poderia ter lido a carta da Kevser aqui, na minha frente. Ou pensou que eu ficaria com ciúme?" Vermelho de vergonha, ele enfiou a mão no bolso. Dei uma bela risada só para deixá-lo com raiva. Ele se levantou. Eu disse: "Você vai pagar a metade da conta e, logo depois, vai embora daqui feito um homem decente!". Ele jogou cinco liras na mesa e se foi. Um merda!

*

Topei com o Bedri hoje, que me disse que, se eu me recusasse a falar com ele, se mataria. Não tirou os olhos dos meus seios durante toda a nossa conversa, como se fosse um homem das cavernas. Ele arfava e, como é bem mais alto que eu, o ar quente da sua respiração fazia com que a franja do meu cabelo se mexesse. Tentando me livrar dele rapidamente, sugeri que nos encontrássemos em outro momento para conversar. Quando cheguei em casa, escovei o cabelo. Estava todo emaranhado. Muito estranho. Chega a dar até um arrepio.

*

A Ayten e eu combinamos de pregar uma peça no Bedri. Nós três vamos sair. Vou arrumar uma desculpa e deixar os dois sozinhos. Ela lhe traz uma bebida, se insinua para ele e o faz perder a cabeça. Aí vamos ver se ele realmente me ama ou não. Se não me ama, tudo isso acaba e estarei livre. Eu não gosto muito dele, mas, se passar no teste, vai subir bastante no meu conceito. Talvez eu até lhe dê aquela membraninha de presente. Sendo bem sincera, ele é perfeito para essa tarefa.

*

A Kevser voltou. Fui ter com ela assim que a vi na cantina. Mas ela — que garota vulgar! —, ao me ver, foi logo perguntando: "Então você está esperando pelo Şeref de novo, não é?". Fiquei passada. Nem sei como não desmaiei nem caí no choro, mas de alguma forma consegui me controlar. "Se o ama tanto, posso me afastar e deixá-lo só para você." Que criaturas mais nojentas! Lutei para manter toda a minha compostura e, fingindo que isso não tinha nenhuma importância, articulei cada sílaba claramente: "Ele mentiu para você, as coisas não são assim". "Com tantos homens por aí, você vai logo seduzir o namorado da sua amiga?", ela perguntou. "Não seja impertinente", eu disse, mas ela nem sequer me ouviu. Os olhos dela se encheram de fúria e tanto sangue lhe subiu à cabeça que achei que ela fosse se afogar nele. Brotava ali uma tragédia. Parecia que eu estava doida pelo Şeref, que ele teve pena de mim e quis conversar comigo uma vezinha só. Parecia que eu tinha feito um escarcéu por tê-lo visto ler a carta da Kevser. "Olhe, Kevser, esse cachorro está traindo você. Assim que me viu no jardim, ele disse que amava a mim e não a você. Não tenho nem coragem de olhar no rosto de uma criatura vil como ele!..” Ela soltou uma gargalhada histérica. Deve ter aprendido com a madrasta, que vivia enfeitiçando o pai dela, como ela sempre dizia. “Kevser, se ele for um moço decente, que venha conversar frente a frente comigo.” “Todo mundo sabe que tipo de garota você é. Acha que o Şeref vai se declarar para você? Alguém que se contenta até com um orangotango como o Halûk! O que você quer mesmo é separar nós dois”, ela falou. Não havia mais nada a dizer. Tudo que restava era brigar, agarrar o cabelo uma da outra. Fui embora. Ela deu outra gargalhada histérica da madrasta pelas minhas costas. Nunca pensei que as pessoas, que a Kevser e o Şeref, pudessem se rebaixar tanto. Os outros alunos que estavam na cantina ouviram tudo, como é que eu poderei voltar lá e encará-los novamente? Eu não sei como saí dali, mas de repente me vi na Lambo. O Haydar estava lá também. Ele é um bom rapaz. “Você está com algum problema? Me diz como posso ajudá-la e o farei com prazer”, ele disse. O que eu poderia lhe contar? E se ele também tiver dúvidas sobre o meu caráter?.. Estão me acusando de ter tomado parte de algo que detesto, algo que eu seria totalmente incapaz de fazer!.. Criaturas vis! Eu detesto todos eles!..

*

Faz uma semana que não apareço na faculdade. Tenho ficado em casa, estudando para as provas. Às vezes digo que estou indo para as aulas, mas vou para a Lambo. Eu também tenho procurado um emprego, escondido dos meus pais. O Halit agora está me escrevendo cartas de amor. Mas elas mais parecem um exercício literário. Eu o entendo. Um rapaz exilado num vilarejo de uma deprimente cidade do leste da Anatólia, é claro que vai se apaixonar pela primeira pessoa que encontrar. Ou seja, se fosse outra pessoa que não eu, mesmo assim ele teria se apaixonado. Dá para perceber claramente, pelo jeito como ele escreve, que os nervos dele estão à flor da pele. Tenho medo de que ele faça algo temerário contra si mesmo. Eu sei que uma vez ele tentou isso, cortou os pulsos na prisão. Há um laço forte entre nós... Leio as cartas dele como se tivessem sido destinadas a outra pessoa. Como se eu estivesse lendo um romance. Eu as interpreto de maneira objetiva. Sei que ele não tem ninguém mais para quem escrever, para amar. Então escrevo cartas amigáveis, sem conotações sexuais. O Halit significa muito para mim. Se ele me decepcionasse, eu não aguentaria. Às vezes, quando me olho no espelho, me sinto tão desesperada, tão indefesa e tão digna de pena que os meus olhos se enchem de lágrimas. Mas existe uma força dentro de mim. Tenho a convicção de que os outros estão errados e de que estou no caminho certo. É essa força que me sustenta de pé. E então há o Halit, o Haydar e a Meral. Eu contei à Meral o que o Şeref e a Kevser fizeram, ela conhece os bastidores da história e não fala mais com eles. Escrevi para o Halit. Ele me respondeu: "Não se associe àqueles burgueses desgraçados, querida. Eles só vão lhe trazer dor de cabeça. Eles não entendem a minha garota". São palavras como essas que me dão forças para não desmoronar.

*

Fui para a faculdade hoje, direto para a aula da nossa Megera de inglês. Justo quando a Ayten e eu estávamos saindo, o Bedri barrou o caminho. Eu pedi a Ayten que esperasse um pouco e fui conversar com o Bedri. Prometi que nos veríamos amanhã. "Mas não sozinha. A Ayten vai junto". Ele assentiu. Vamos ver o que acontecerá.

*

Ha ha ha ha haaaa... eles são muito engraçados... que loucura! Ha ha ha... eu me encontrei com o Bedri na Trianon. A Ayten junto, claro. Uma doceria em Galatasaray. Numa ruela que ninguém consegue sequer imaginar. Quando a Ayten e eu entramos e nos sentamos, o Bedri nem a notou, mas me devorou com os olhos. De vez em quando ele me lançava um olhar de reprovação, como se quisesse me dizer algo. Então a Ayten se levantou para tirar o casaco. Mas de uma forma incrível, balançando os quadris com um sorriso malicioso, que dava até a impressão de que ia ficar nua. Toda provocante, como alguma estranha criatura que se contorce inteira. Usava uma blusa vermelho-fogo e uma saia justinha, da mesma cor, com um cinto preto. Onde é que ela arranjou essa saia vermelha? Eu não usaria nem se me pagassem. A blusa era tão apertada que dava para ver claramente os mamilos. Percebi que ela não estava usando sutiã. Agora os olhos do meu garoto estavam fixos nela, e não desgrudaram mais. A Ayten tinha pintado os lábios da mesma cor vermelha. Ela ficava passando a língua nos lábios e o olhava languidamente, com os olhos semicerrados. Às vezes piscava para mim. Num determinado momento, ela ficou admirada com a largura dos ombros do Bedri e, roçando-os com os dedos, retirou a mão como se tivesse tocado no fogo. "Nossa! Impressionante", ela disse, surpresa, com uma voz rouca e estranha. Eu mesma não entendi se ela estava falando sério ou se estava representando, de acordo com o nosso plano. O Bedri, por sua vez, estava cada vez mais inflado. Logo depois ele se ajeitou na cadeira para que só a Ayten ficasse no campo de visão dele, sem dar nenhuma atenção a mim. Para falar a verdade, fiquei um pouco zangada. Então a Ayten foi ao banheiro. Pelo modo como ela se levantou e caminhou balançando os quadris e rebolando o traseiro, nem eu conseguia tirar os olhos dela, imagine o Bedri. Quando ficamos sozinhos, olhei para o Bedri. Ele, por sua vez, olhou para mim com uma sobrancelha levantada, como se dissesse: está vendo que sujeito incrível eu sou? Ora, ele não passa de um boxeador cretino. Faz anos que ele treina boxe no Centro Comunitário de Eminönü. Em outras palavras, se o pai dele, o coronel, algum dia socá-lo de novo, o Bedri acaba com a raça dele. Como eu fiz bem em nunca ceder aos seus avanços todos esses anos. Eu não pronunciei uma palavra até que a Ayten voltasse. Então a trapaça tinha funcionado. Assim que ela retornou, eu vim com esta: "Ah, pessoal, hoje é quinta, não é? Esqueci que ia sair com a minha mãe para comprar sapatos. Vocês podem ficar aí sentados", e me levantei, lançando uma piscadela para a Ayten, que me devolveu outra. O Bedri nem se ofereceu para me acompanhar. "Vai mesmo, querida, nós ficaremos um pouco mais aqui", a Ayten disse. Fico só imaginando o que aconteceu depois que eu saí. Amanhã vou ficar sabendo.

*

Tudo aconteceu como o esperado. Assim que eu saí, o Bedri disse que estava loucamente apaixonado por ela. Sobre mim ele explicou: "Eu achei que gostasse dela, mas na verdade eu sempre procurei alguém como você. Você me faz perder a cabeça". Quando não havia nenhum garçom por perto, ele pegou o pulso dela e beijou-o com tamanha intensidade que deixou uma marca ali. Eu até cheguei a ver a tal marca. Acho que não beijou, mordeu. Então pediu para combinarem um novo encontro. A Ayten lhe disse que havia uma outra pessoa na vida dela, e também que não seria correto fazer isso comigo, aquela coisa toda. "Não quero nem saber com quem você andava saindo, nada do que aconteceu no passado importa agora", disse o Bedri. "Sabe, eu nunca gostei muito desse garoto, não se preocupe com os meus sentimentos, ele é um bom rapaz", eu disse a ela. Aí ela falou que não, isso não seria justo etc. Na verdade, eu teria adorado vê-la se divertir um pouco com ele para depois largá-lo, mas acho que ela tem mesmo uma queda por ele. A Ayten sempre quis ter uma "relação estável", e que relação poderia ser mais "estável" do que essa? Por alguma razão, fui invadida por um sentimento de ciúme e repulsa quando me despedi dela hoje. Afinal de contas, o Bedri é meu amigo de infância. Ele fica na minha cola por dez anos e depois se apaixona por outra no intervalo de uma hora?

*

Hoje vi no jornal um anúncio de emprego. Fui lá e consegui a vaga no Mum Han, em Karaköy. Tenho que atender o telefone num escritório. Há uma outra linha telefônica na mesa do chefe, um homem jovem de óculos. O meu trabalho é o seguinte: atendo o telefone e o chefe escuta na outra linha. Quando ele ouve o nome da pessoa que está ligando, caso ele queira falar com ela, ele dá uma piscadela para mim e eu desligo. Caso ele não queira, digo que não está, que deve chegar daqui a mais ou menos uma hora ou algo assim. É claro que, para que entenda as piscadelas do chefe, me sentarei à escrivaninha de frente para a dele. Vou ganhar duzentas liras por mês e trabalhar das nove às cinco da tarde. Não haverá horário de almoço, terei que comer lá mesmo e, por isso, ele vai deduzir trinta liras do meu salário. Mas que trabalho estranho. Ele não me disse qual é realmente o ramo de atividade dele. Só fica repetindo: "Vão me ligar...". Trata-se de um homem cujo trabalho é receber ligações. E ele alugou o escritório para que pudessem ligar para ele.

*

Dei um pulo na Lambo. Nada de carta. Não havia ninguém lá. Pouco depois chegou o poeta M. S.. Ele se sentou sozinho. O Lambo pegou um resfriado, uma gota de muco pendia do nariz vermelho e pontudo. Aquilo me deixou com nojo; quando enchia uma taça de vinho, ele a segurava bem debaixo das narinas. Os poemas de M. S. versam sobre raiva e as pessoas e suas raivas. Ele mesmo é um cara raivoso, com uns tiques esquisitos. Doentios, até. Ele tentou me impressionar como se fosse um grande poeta. Acha que vai me seduzir com seus tiques nervosos, a bebedeira de estômago vazio — e o que não lhe falta é dinheiro para comer —, as palavras grandiloquentes e as citações de poetas franceses. O último hobby dele é o "realismo social". Essas duas palavras estão sempre em sua boca. Como se fosse possível ser socialista sem ser realista. Até agora eu não ouvi um poema bom de sua autoria. Ele escreve como um burocrata medíocre. Parece que para a revista *Varlık*. Outra frase que vive dizendo é: "Feito um kebab, eles deveriam ser assados em espetos. Sim, assados em espetos!". Ele está se referindo a outros poetas como ele.

Já fizemos as nossas provas. Eu passei em todas as disciplinas. Quando deparo com a Kevser, tenho até arrepios. Não nos falamos. O engraçado é que ela não contou a ninguém o que se passou entre nós. Nem mesmo para a Ayten. Eu interroguei a Meral, mas a Kevser não lhe disse nada também. O Şeref não vem mais para a faculdade com a mesma frequência de antes. Se eu o tivesse encontrado logo depois do que aconteceu, eu teria dito poucas e boas a ele, mas agora, quando os vejo sair pelo portão, não sinto raiva, e sim um amargo vazio.

*

Pessoas, pessoas, pessoas. Agora só gente me interessa. Quanta riqueza! Quando conheço uma nova pessoa, a princípio eu fico meio confusa, até entender como ela é, e tudo que ela pode realizar. Isso realmente faz minha cabeça girar, pessoas...

*

Eu já li quase todas as obras de Dostoiévski — das que já foram publicadas aqui. Que grande escritor! E como ele entende as pessoas. O interesse principal dele são as pessoas, assim como o meu. Já não escrevo poemas. É impossível transformar pessoas em poemas, elas são um tema muito vasto para a poesia. É assim que eu penso na poesia, na arte neste momento: um profundo poço cheio de pessoas.

Eu topei com *Ele* hoje em Pera. A Meral e o Necat tinham voltado de uma exposição de quadros. Ele parou para conversar com o Necat e me cumprimentou com um aceno de cabeça. Só um breve cumprimento. Eu queria lhe contar que já li todos os livros dele, dizer alguma coisa, qualquer coisa, mas ele não me deu tempo para abrir a boca. Quando terminou de conversar com o Necat, ele simplesmente sumiu, como se engolido pela terra ou evanescido no ar.

*

O Halûk está livre. Nós nos encontramos no jardim da faculdade. E ainda saiu antes de cumprir toda a pena. Corri na direção dele, abracei-o e beijei-o nas duas bochechas. Acho que ele ficou sem graça. Sentamos numa pedra que havia num canto do jardim. Ele me agradeceu pelo que eu havia feito. Contei-lhe o que tinha acontecido, por que eu não pude voltar lá, o incidente com a polícia e tudo o mais. "Eu sei", ele disse, "você fez o que devia fazer." Parece que pegaram o irmão Ömer. "Não falei nada para a polícia", afirmei. "Eu sei", ele repetiu. Ele me olhava com uma expressão de que não acreditava em mim, de que eu era culpada de alguma coisa. Fiquei ofendida e me calei. Então comentei que ficara sabendo que o nome verdadeiro do irmão Ömer era Salih. "Também sei disso", disse ele. Eu pensei que ele fosse explicar as coisas para mim, o que significa "corvo branco". Mas em vão. Ele nem se importou. Eu ia perguntar, mas achei que minha curiosidade ia parecer rude. De qualquer forma, ele disse que fiz o que devia ser feito. Se ele quisesse, ele explicaria. Fosse qual fosse o significado de "corvo branco", acho que não era relevante para a causa. Mas fiquei ressentida com o Halûk, pela expressão dele de falta de confiança em mim. Ele se levantou com pressa, foi para a aula e ali fiquei eu, vendo-o sair.

*

O Necat rompeu com a Meral. Ele se casou com uma garota rica e mora com os pais dela. A sogra lhe deu capital para abrir um escritório de arquitetura. O Necat deve estar dizendo: "Nós lutamos bastante, tivemos nossa cota de miséria e pobreza, mas acabou. Agora, a próxima geração que continue a luta!". O Bedri e a Ayten estão profundamente apaixonados. A Meral me disse que eles dormem juntos. O Bedri a leva para o apartamento de solteiro de um amigo. "Mas eu acho que ele já enjoou dela. Tem perguntado por você de novo. Ele se forma este ano, logo vai ser médico. Não seria má ideia se vocês se reconciliassem", ela disse. "Eu não estou com raiva dele. O problema é outro. Nós não nos damos bem, esqueça tudo isso." A Meral é uma garota excepcional e franca. Temos frequentado a Lambo de novo. É bem melhor quando ela não está namorando. Eu posso fazê-la concordar com qualquer travessura. Correm rumores sobre mim tanto na universidade quanto na Lambo. Bem que eu gosto desses rumores. Ser acusada de coisas que eu não fiz — que idiota, que ridículo! Todos esses rumores e fofocas me revelam um lado completamente novo das pessoas: quão surpreendentes podem ser, quão gananciosas, quão benevolentes, quão menosprezíveis, quão egoístas. Não há nada que elas não possam fazer ou que não façam. Minha mãe tem estado mais controlada ultimamente. Pelo menos controla a língua. Mas ainda faz questão de deixar claro que desaprova tudo que eu faço. Ela sinaliza com um movimento do ombro, umas batidinhas com os dedos ou uma mudança na respiração. Tudo bem, agora já há um entendimento tácito entre nós. Ela não me aceita, mas me tolera. Estou à procura de um emprego. E ainda não encontrei ninguém que me livre da membrana encantada do meu corpo.

*

Já conheci muitos artistas na Lambo. Só me resta conhecer U, V, X, Y e Z. Toda vez que tentei falar de poesia ou política, toda vez que eu quis iniciar uma amizade de verdade com eles, como seres humanos devem fazer, todos assumiram o mesmo ar de deboche ou de zombaria; evitam minhas palavras, desprezam o assunto que eu levanto e agem com descaramento, ou até com agressividade. Quando peço ajuda para arrumar emprego, me evitam. Não sinto nenhuma outra forma de atração por eles senão a artística, ou pela natureza humana em geral e, falando francamente, não me desperta o menor interesse o fato de eles serem homens. Depois de dois anos com eles, eis o que penso: eles querem parecer mais importantes do que realmente são. Mas e os outros aspectos do comportamento deles? AB, BC e DF saem por aí dizendo que eu dei em cima deles, mas que eles não corresponderam. O Haydar me relatou as conversas deles, quando estão só entre homens. Um deles até disse que eu estava prontinha. Prontinha para quê? Que droga! E disseram que o R. R. me levou para um apartamento de solteiro, não para o dele, mas para o do M. E.. Eu vi o M. E. hoje; nem o conheço. Só sei que ele escreve contos. Tentei manter o máximo de frieza possível. Sentei-me ao seu lado, no balcão. Pedi ao Lambo um cálice de vinho. “Meu caro”, comecei, “ouvi dizer que o senhor emprestou a chave do seu apartamento para que o R. R. me levasse para lá. Vejo que o senhor espalhou isso aos quatro ventos”, falei baixinho no seu ouvido, da maneira mais polida que pude. “Sim”, ele respondeu educadamente, “eu disse isso mesmo. O R. R. pediu emprestada a chave do meu apartamento e falou que ia levar a senhorita para lá.” “Eu conheço muito bem o R. R.”, respondi, “ele é um poeta honesto, ele não deve ter dito essa mentira ao senhor. Então é o senhor quem deve estar mentindo.” E eis que nesse exato momento entra o R. R. e estende a mão para me cumprimentar, aparentemente contente em me ver. "Tudo indica que o senhor me levou para o apartamento deste outro senhor, não é mesmo?" De súbito, com a cara no chão, o R. R. perguntou, gaguejante: "Como assim? Por que é que eu levaria a senhorita para lá?". "Eu não sei dizer por que, mas tudo indica que o senhor me levou para lá!", respondi. Lambo estava dando uma risadinha discreta, mas mesmo assim não olhou para nós. "*Eu* levei a senhorita para lá?", disse ele, que, ao mesmo tempo, olhava para o M. E. com um olhar que parecia indagar: está vendo a encrenca em que você me meteu? "Sim, o senhor mesmo!", insisti. "Pelo amor de Deus, senhorita, eu nem a conheço direito! Mas que desaforo tudo isso, senhorita!.." "Eu conheço, sim, o senhor, e o senhor me conhece. Nós conversamos muitas vezes aqui. O senhor até me deu alguns exemplares de livros autografados, na esperança de ganhar alguma leitora, e eu até lhe disse que não gostava lá muito de seus poemas. Foi nessa ocasião que o senhor me levou para o apartamento?" "Sim, digo, não. Só aconteceu a parte do autógrafo, nada mais", concluiu ele. M. E. retrucou: "Então eu passo por mentiroso? Você me falou que era para isso que queria a chave", com um ar inocente. "Eu me referia a outra pessoa", replicou o R. R. "Tudo bem, se você está dizendo." Na verdade, o M. E. é um sujeito muito correto, mas o R. R. não. Virei as costas para os dois; logo depois eles se levantaram e foram embora.

— Não é vergonhoso, *mösyö* Lambo? Será que eles pensam que eu venho aqui em busca de homem?

— É, eles são homens. Os homens são assim mesmo.

— Ou seja, o que esses cretinos estão tentando dizer é que eu devo ficar grudada na saia da minha mãe e nunca me atrever a frequentar lugares públicos? Por que é que eles não conseguem me enxergar como amiga ou mesmo como uma irmã?

— Ah, isso é impossível, minha filha. Eles são homens e você não é irmã deles!..

*

No caminho para casa, forcei-me a tirar as conclusões certas desse incidente. Em frente à livraria Saray, um sujeito enorme começou a me seguir. Feito um disco arranhado, ele repetia: "Cem liras, cem liras". Então ele me ultrapassou, esperou por mim novamente e se aproximou por trás. Usava boné e umas botas enlameadas, tinha a barba por fazer, parecia uma mistura de vagabundo com ladrão. Mas eu não fiquei com raiva. Qual é a diferença entre a atitude dele com as mulheres e a do R. R., que supostamente era um dos melhores cérebros da Turquia? Nenhuma. Não encontro nenhuma. A meu ver, os outros são muito mais repreensíveis do que essa pobre criatura. Ele se aproximou de mim e mostrou a ponta do dinheiro que estava no seu bolso: 100 LIRAS. Eu dei risada. Ele deu um risinho bobo. E se eu der a membrana encantada a esse sujeito? Olhei para ele, que estava bem perto de mim agora. Começamos a caminhar juntos, mas nem meu nariz, nem meu estômago aguentaram. Argh, eu não conseguiria. Ao nos aproximarmos de um policial na Praça Taksim, eu disse: "Vamos, conte o seu problema para o policial". Ele se virou rapidamente e fugiu. Ah, se o Halit estivesse aqui. Ele não é como os outros. Ele é um ser humano de verdade. Ah, se pelo menos ele estivesse aqui hoje...

*

Hoje, depois das aulas, fui à redação de um jornal. Soube que estavam procurando um jornalista. Fui direto à sala do editor-chefe. Era um homem jovem. Falei que eu precisava de um emprego, perguntei se havia algum. Ele ficou interessado. Saiu da sala e depois voltou, e fez perguntas a algumas pessoas. Duas ou três cabeças apareceram à porta e logo se retiraram. Por fim ele informou que a vaga tinha sido preenchida, mas que, se outra vaga surgisse, ele me avisaria. Pediu o meu endereço, pois disse que me enviaria uma carta. Quando eu estava prestes a sair, ele me pediu que sentasse e mandou trazer café; me contou que tinha ouvido falar de mim. Fiquei curiosa em saber como ele me conhecia. "O R. R. e eu somos velhos amigos", acrescentou, dando um sorrisinho. "Entendo", disse e saí.

*

Topei com *Ele* hoje. Cara a cara praticamente. Parei, dei meia volta, me aproximei dele e então comecei a conversar. Ele não se parece com os outros. E, inclusive, nem conversa com a maioria deles. Eu lhe contei que não estava mais escrevendo poemas: "Você tinha razão. Os meus poemas não eram bons". Também lhe disse que estava procurando um emprego. "Que pena que eu não conheço ninguém; na verdade, também estou procurando um emprego." Que homem estranho, parece estar sempre azedo, fugindo das pessoas. Nem posso acreditar que um dia ele foi à Çardaş para ouvir os meus poemas e nem me deixou pagar a conta, nem sequer a metade dela... Quando me despedi dele e tomei o caminho de casa, eu vi o Haydar vindo do outro lado da rua. Fomos ao Baylan para tomar chá. Eu lhe contei o que tinha acontecido. "Não dê bola para ele", disse o Haydar, "ele não é quem parece ser." "Como assim, 'não é quem parece ser'?" "Ele não se interessa por mulheres." "Melhor ainda! Vou aproveitar. Finalmente encontrei alguém que não me enxerga apenas como mulher." Ele deu risada. "Ah, boa sorte!" Contei a ele que os poetas que eu conheço ou são loucos ou fingem ser loucos. "Alguns pegam a doença na França e outros são simplesmente idiotas", zombei. "Sim, concordo. Todos eles são um pouco amalucados mesmo." "E são esses loucos que irão reinventar a literatura turca?", perguntei. "Sim, claro. Eles e pessoas como você." "Você nunca leu o que eu escrevi. Minha escrita é péssima", eu disse. "Eles também escrevem pessimamente", ele concluiu e demos risada. Eu me levantei para sair e ele se mudou para outra mesa onde o A.I. estava sentado. "Isso, vai falar para ele que você também me levou para um apartamento!" Ele ficou tão ofendido que me arrependi de ter dito aquelas palavras. "Nós somos amigos. Se você tiver dúvidas a meu respeito, é melhor que não conversemos mais", ele disse. Pedi desculpas pela piada de mau gosto. Eu ainda estava magoada com o que fizeram comigo. Ele me estendeu a mão. "Somos bons amigos. Eu não trocaria a amizade de nenhum homem pela sua." Agradeci e nos despedimos. Que coisa bonita ele havia me dito. Fiquei tomada de alegria.

*

Chegou carta do Halit. Percebi que não tinha recebido uma delas; deve ter se perdido na Lambo. Não acho que o Lambo tenha a ver com o desaparecimento da carta, mas acredito que algum frequentador a tenha pego. Não por haver algo de secreto nela — não há —, mas porque as cartas dele sempre terminam com palavras amorosas: minha querida, minha alma, meu amor, meu tudo, meu docinho etc., sabe-se lá o que a pessoa que ler isso vai deduzir. Tenho que escrever para ele sem demora.

*

O pai da Meral morreu de um derrame cerebral. Ela ficou três dias sem ir à faculdade. Está um pouco pálida. Fomos ao jardim para conversar. Ela contou que a mãe está sentindo muito a perda. "Eu também estou arrasada", falou. Mas me pareceu que ela não se sentia triste, que só estava sem jeito de assumir a verdade. Desde que estávamos no ensino médio, ela queria que o pai morresse. Mal se passaram dois anos e agora ela ama o pai, o mesmo pai? Perguntei sobre o Bedri. "Ah, você sabe, ele não liga muito." Perguntei sobre a Ayten. Faz um tempo que ela não vem às aulas. Ela rompeu com o Bedri. A Ayten nem estava mais assistindo às aulas. A Meral me fez prometer não contar a ninguém: a Ayten está trabalhando num bordel. Fiquei passada, a ponto de quase chorar. A Meral me consolou. "Ela já agia desse modo antes de conhecer o Bedri." Fiquei chocada. Como assim? Que pena, no fundo ela era uma boa garota.

*

Fui pegar a carta do Halit que chegou na Lambo!.. Vamos fugir, finalmente. "Suponha que eu vá para algum lugar bem distante do nosso país, minha amiga, você vem comigo? Há o risco de sermos pegos, mas é pequeno. Nós vamos conseguir, você vai ver, vamos conseguir e ser felizes." Ser felizes juntos. Será que ele quis dizer como marido e mulher? Ou como ele mencionou, amizade? "Uma outra pessoa irá conosco. Você deve confiar nela assim como confia em mim", ele escreveu. Fiquei delirando de alegria. Mas é claro, claro que eu vou. Quem e o que me prende aqui? Escrevi logo para ele: estou pronta quando você estiver. Dinheiro eu não tenho, mas posso pegar da mamãe pela última vez. Ou melhor, vou furtar. Deixe que ela considere como uma das despesas que teria comigo. Sei que há um cofrinho com algumas centenas de liras na gaveta da cômoda. Na pior das hipóteses, posso devolver o dinheiro quando arranjar um emprego lá. Fico só imaginando para onde será que iremos? Ele disse que ia me escrever depois. Não estou me contendo de tanta alegria. Não posso deixar a mamãe perceber. Ela capta as coisas só de olhar. Se ela descobre, está tudo acabado para mim. Ha ha ha, vai ser uma bela lição para você, senhora guardiã das membranas, uma bela lição realmente.

*

Hoje eu fui com a mamãe até a casa da Meral em Pendik para expressar os nossos sentimentos. A mamãe nunca perde uma oportunidade de chorar; quando chegamos lá, ela e a mãe da Meral começaram um pequeno festival de lágrimas. O Bedri estava em casa. A Meral, ele e eu nos sentamos juntos na sala em formato de L da casa nova deles. O Bedri virou um rapaz muito alto. Eu realmente não tinha notado antes como ele é bonito... Mas quando olho para ele, me lembro de duas coisas e começo a rir: o beijo dele depois de comer biscoitos de *mahlab* que minha mãe havia feito e o jeito como me olhou quando a Ayten foi ao banheiro. Agora não há mais aquela arrogância no olhar de antigamente. "Você ainda pratica boxe?", perguntei. "Não tanto quanto antigamente; as aulas estão bem puxadas este ano." "E quanto à poesia? Não tenho visto o seu nome em nenhuma revista ultimamente." "Ah, eu larguei a poesia. É um intento tão feminino..." Dei risada. "E você? Tem escrito?" "Não", respondi. "Deixei a poesia para os homens." Ele deu risada! "O que você tem lido?" Dei-lhe a lista de tudo que eu estava lendo. "Quem recomendou, o Halit ou o Halûk?", ele perguntou em tom de caçoada. Sinalizei que a minha mãe poderia ouvir. "Não vai ouvir, não", ele disse numa voz abafada. E eu respondi: "Peguei indicações dos dois". Fiquei com raiva da Meral, pois ficou óbvio que passava todas as informações para o irmão dela. Eu sei que ele não seria capaz de me delatar para a minha mãe, mas por que ele tem que saber tudo sobre mim? No caminho de volta, mamãe disse que agora a tia Nazife teria que trabalhar de costureira já que o marido não deixou dinheiro suficiente para a família sobreviver. "Deus nos livre, mas o que seria de nós se isso acontecesse conosco?", ela lamentou, mesmo sem razão para tal. Então ela comentou como o Bedri tinha se tornado um garoto forte e bonito e que esperava que ele pudesse dar melhores dias para a mãe dele depois que se tornasse médico. "Filho homem é outra coisa. Ah, se Deus me concedesse um!", queixou-se interminavelmente, como sempre.

*

Hoje o chão estava repleto de formigas voadoras. A primavera chegou. O tempo esquentou e comecei a ir para a faculdade com roupas mais leves. Topei com a Kevser no corredor. Ela olhou para mim e sorriu. Um sorriso de reconciliação. Fingi não ter visto. Não, eu já não estou com raiva dela, só não quero mais sua amizade. Eu e a İncilay acabamos sentando lado a lado na aula. Ela desenha muito bem; me desenhou no caderno dela e me mostrou. Parecia muito comigo, e logo abaixo escreveu, em inglês: *Who is the slayer, who is the victim?*.[2] Fiquei surpresa. Olhei para ela, mas ela estava com o olhar fixo no professor, como se realmente estivesse prestando atenção. Eu não tenho ideia de que tipo de garota é a İncilay. O que será que ela quis expressar? Fiquei intrigada. Não muito tempo

2 "Quem é o assassino e quem é a vítima?" (Esta e todas as notas seguintes são do tradutor.)

depois ela começou a rabiscar algumas coisas de novo no caderno. Dessa vez estiquei o pescoço para dar uma espiada. Era o retrato do professor, Sabri Esat, sobre o qual ele escreveu: *My love*. Demos risada. É obviamente uma brincalhona. Por um momento achei que ela sabia algumas coisas sobre mim. Mas é uma garota formidável. Garotas assim devem ser felizes e fazer as pessoas que estão por perto felizes também. Não sei. Será?

*

Hoje de manhã o chão estava de novo cheio de formigas voadoras. Havia tantas que era preciso ter cuidado para não esmagar nenhuma. Mas, após chegar à esquina, desisti e comecei a pisar nelas indiscriminadamente. Para não ver as formigas serem mortas, eu olhava para cima, para a frente. Imagino que foram providas de asas para que voassem, mas ainda se arrastam sob os meus pés. Elas se enfiam, com certa dificuldade, em buracos no chão, poupando suas asas. Que estranho. Por acaso são formigas voadoras ou pássaros rastejantes?

*

Dei um pulo na Lambo. Uma carta do Halit. Abri-a de imediato e havia outro envelope dentro, sobre o qual estava escrito: ULTRASSECRETO. Enfiei na minha bolsa e corri para casa. Encontrei a mamãe vomitando. Deve estar grávida de novo. Ela disse que nunca teve desejo de comer doce quando estava esperando um menino, somente com menina, então outra deve estar a caminho. Menino ou menina, seja o que for, eu lhe perguntei se ela estava precisando de alguma coisa. "Vá embora!", ela gritou. Peguei-a em flagrante estado de pecado e ela se sentiu culpada. Pelo amor de Deus, se ela é tão casta assim, como é que me gerou? Sem dúvida ela engravidou só com o olhar amoroso do papai. Subi para o meu quarto e abri o envelope. Muito em breve, ele ia me informar o dia e a hora. Na semana que vem. Acho que nos primeiros dias da semana que vem. "Na semana que vem não saia de jeito nenhum, querida. Vou mandar um telegrama ou enviar alguém perguntando pelo Beco da Senhora Comportada, um jovem moreno, baixo, de mais ou menos vinte anos e com bigode. Se sua mãe atender à porta, ele irá embora e voltará depois de meia hora, aí você é que tem que abrir a porta. Ele vai lhe dar um papel, amor da minha alma, e você encontrará tudo nele, a data, o plano para a partida, um mapa das ruas que vamos percorrer, as coisas que você tem que levar, o lugar de encontro. Com amor, seu servo", assinou. Servo! Jamais!

*

Hoje fui à faculdade mais cedo para encontrar a Meral antes da primeira aula. Eu perco muito as primeiras aulas porque fico lendo até tarde da noite e só consigo chegar para a segunda aula. Tentei fazer a Meral sair da sala e cabular as aulas, mas ela não quis. Nesse instante a Megera chegou e, querendo ou não, tive que ficar. "Chega de aula por hoje. Vamos tirar um dia de folga. Fatos extraordinários estão prestes a acontecer", declarei. "A primavera subiu à sua cabeça?", ela perguntou. A İncilay estava sentada ao lado do Mehmet na fileira atrás de mim. Sempre os vejo juntos, devem estar namorando. Olhei para a İncilay, ela estava rindo de mim disfarçadamente. Eu também ri. De pronto ela abriu o caderno e começou a fazer um esboço, e então o levantou para me mostrar: arbustos, muitos arbustos com flores da primavera, e um olho no meio das flores. Embaixo ela escreveu: *Not that I like the Megera less, but I love spring more!*[3] Essa garota é um verdadeiro demônio. Assim que a aula acabou, levei a Meral para fora. "Nós estamos partindo", anunciei. "Você enlouqueceu?", ela protestou. "Sim, enlouqueci. Vamos correr!" Ela me olhou de um modo estranho. "Não posso dizer mais nada agora", eu falei. Tomamos o barco na ponte de Gálata. Descemos em Küçüksu e lá alugamos um barco por uma hora. O dia estava maravilhoso. Um dia bastante quente e bonito no Bósforo. Remamos para além do prédio dos correios, perto do cais em Anadoluhisarı...

*

Foi a mamãe quem descobriu esse lugar. Nós vamos lá uma vez por semana no verão. Pegamos o barco de Beșiktaș e descemos em Anadoluhisarı. Depois do parque à direita do cais e das ruelas com paralelepípedos aos pés da Cidadela, vê-se um terreno baldio um pouco além do mar. Há três ou quatro crianças nadando na parte rasa. A mamãe me envolve com uma

3 "Não que eu goste menos da Megera, mas gosto mais da primavera."

toalha enorme, como um cilindro; tiro as roupas e visto meu maiô. Foi a minha mãe quem o tricotou, todo colorido, vai até o pescoço e chega ao meio das pernas. Uma roupa estranhíssima. Eu corro em direção ao mar como um estranho animal marinho criado pela minha mãe. Ela senta numa toalha que estendeu por sobre os seixos sem tirar seu fino casaco bege e se protege do sol com um guarda-chuva preto. "Não vá muito longe. Hoje as correntes estão fortes, venha para esse lado. Já chega. Quando eu balançar a toalha, você corre. Um, dois, três, corra!" Aí voltamos para casa.

Dois garotinhos estavam remando um barco vermelho, não muito distante de nós. Bem ali eu fiz a revelação a Meral, que estava morrendo de impaciência: "Irei embora na semana que vem". Ela ficou chocada. Ah, primeiro eu a fiz jurar pela alma da mãe dela que ela não ia contar a ninguém. Ela ama a mãe demais e leva esse tipo de juramento muito a sério. Nem mesmo para o Bedri. "De qualquer forma, se eu falasse, ele tentaria impedir. Ele só pensa em você", ela disse. "Venha conosco", fiz o convite. "Vamos partir juntas. Vai ter outra pessoa também, assim podemos formar dois casais." "Suponho que você vai ter que dormir com o Halit", ela observou. "Eu acho que ele não vai me forçar, mas estou pensando nisso", concordei. "Bom, isso tem que acontecer com alguém, mais cedo ou mais tarde. E você?", perguntei. "Se fosse há três ou quatro meses, eu iria com vocês", ela disse. "Antes de o meu pai morrer. Mas agora não posso abandonar a minha mãe assim."

Um mar murmurante banhava-se sob o sol, serenamente. Jogamos a âncora ao mar e nos deitamos no estrado de madeira do barco. Conversávamos como num sonho enquanto as ondas nos balançavam de leve. "Ninguém nunca me beijou, sabia?", ela disse. "O Necat?" "Não, nunca. Uma vez no cinema ele quis me beijar, mas fiquei com medo e não deixei." "Já fui beijada", confessei. "Quem?" "O seu irmão, Bedri." "Vocês fizeram amor e você nem me contou?" "Claro que não! Uma vez, quando criança, ele me atacou e aí, sim, quase aconteceu." Ela riu alto e disse:

— Sabe, uma noite eu me levantei e pensei: eu teria feito com qualquer um, mas QUALQUER um mesmo que estivesse na minha frente, entende?

— O ajudante do fruteiro? O idiota do nosso antigo bairro? Com certeza seria um momento especial...

— Você está maluca!

— Já aconteceu isso com você? Já ficou possuída por um desejo louco?

— Não, nunca senti isso. O que eu sempre desejei é que alguém me amasse. Mas quero amar e ser amada por alguém especial...

— Eu não sou virgem!

— Agora você está blefando...

— Não acredita?

— Já posso até imaginar... aposto que você vai inventar uma história bem estranha!

— Se não acredita, vem, eu vou mostrar para você...

— Está louca? Não quero! Eu não olho mesmo!

Nós duas nos empertigamos.

— Eu não sou virgem!

— Então me fale com quem foi! Aqueles cadetes da Marinha nojentos, quando estávamos no ensino médio?

— Não.

— Quem?

— O Bedri!

Fechei os olhos e me deitei de novo, então os arregalei e olhei para o sol até que ele me ofuscasse.

— Você não acredita em mim?

— Acredito, sim.

— Não tinha ninguém em casa...

— Não precisa contar.

— Mas eu preciso, eu preciso falar para alguém. Eu tinha saído do banheiro de roupão. Estava com dor nas costas. Do jeito que eu estava, deitei na cama. Eu gemia. Meu irmão entrou. "O que você tem?", ele perguntou e eu lhe expliquei. "Está bem, eu faço uma massagem em você", ele disse. Sou nojenta, não é?

— Tudo bem, eu entendi. Aconteceu como você está dizendo. Deixa para lá, não se preocupe.

— Você não está com nojo de mim?

— Que nada... No começo eu fiquei um pouco surpresa, mas já passou. Isso é normal, quero dizer, é humano. É uma dessas coisas que acontecem.

— Não conseguimos olhar na cara um do outro por dias. Nem trocamos uma palavra. Depois esquecemos. Foi como se nunca tivesse havido nada entre nós, viramos irmãos de novo, como antigamente...

— Vocês fizeram de novo depois disso?

— Não.

Abri os olhos. O sol alcançou o outro lado da orla e inundou de branco os muros da Cidadela. Os garotos remaram e aproximaram o barco deles do nosso. "Mostra, irmã, mostra!", gritavam eles. Nos levantamos e nos viramos para olhá-los. Não pude deixar de rir. Um deles estava só de cuecas e o outro, sentado, vestia uma jaqueta. Quando viram que estávamos olhando para eles, gritaram para nós: "Irmã, mostre, por favor!". "Mostrar o quê?", perguntei. "A sua... você sabe, irmã, a sua... por favor!" "Seus pivetes descarados", murmurou a Meral com lágrimas nos olhos. Eu não sabia o que fazer. Os garotos se aproximaram mais ainda. "Aproximem-se." Levantei a minha saia, puxei a calcinha para um lado e a mostrei para eles. Eles deliraram. "Você não tem vergonha, não?", a Meral me perguntou. "Não, nenhuma." Então eu gritei para os garotos: "Saiam já daqui!". Puxei a âncora e agarrei os remos. Eu não tive vergonha e achei que estava aliviando a vergonha que a Meral sentia. Eu não sabia o que pensar...

*

A Meral não apareceu na faculdade hoje. E eu fui para a Lambo. Os poetas A. e N. estavam lá. Quando entrei, eles me lançaram olhares maliciosos com aqueles olhos injetados de sangue. Eu me sentei num canto, sem cumprimentar ninguém. Peguei o cálice de vinho que o Lambo passou para mim e dei um gole. O poeta A. me olhava fixamente. Devolvi o olhar. "Quem você acha que é?", ele perguntou. Eu não respondi. Ambos estavam embriagados, era óbvio. O Lambo sentiu que algo estava para acontecer e foi se refugiar atrás do balcão, parecendo um garotinho na missa de domingo. "Eu perguntei quem você pensa que é", gritou A. novamente. "Eu não sou ninguém, e o senhor também não é.

E eu que pensei que o senhor fosse homem!", repliquei. A. pulou do banquinho e veio na minha direção. N. o segurou, mas o sangue subiu à cabeça e ele ficou possesso. "Mas olha só que insolência! Ouçam o que ela disse! Vamos, saia daqui! O que é que você está procurando aqui, já que não somos nada?" "E quem é *você* para dizer aonde devo ir e para interferir nos meus assuntos?", perguntei. "Interfiro sim, e nós não queremos você aqui. Vá embora." "Não vou! Você acha que eu vou viver de acordo com os seus ditames? Quem lhe deu o direito de dominar a minha vida?" "Saia daqui, mulher! Vadia! Ou não me responsabilizo pelo que vou fazer!" "Vadia é a sua irmã! Seu cachorro imundo! Não vou permitir que você me moleste, seu bêbado patético!", retruquei e fiquei de pé. "Essas portas foram abertas para mim por Mustafa Kemal Atatürk, entendeu, seu fanático ignorante? E quem você acha que é para tentar empurrar a mulher turca para um buraco negro de novo?" Ele ficou sem ter como argumentar. Eu prossegui: "Que vergonha para você, que grande vergonha. E eu, que gostava dos seus poemas...". Até que esse cachorro escreve poemas bons. "Eu estava enganada", acrescentei, "homens como você não podem escrever boa poesia. Vocês são uns falsos, falam de liberdade, igualdade, mas por trás de tudo isso não passam de uns preconceituosos." O Lambo implorou: "Não façam isso, por favor. A polícia vem aqui e lacra o meu estabelecimento, calem-se, por favor...". Alguém entrou, mas não foi a polícia. Foi o Haydar. "O que está havendo?", ele perguntou. "Nada", eu disse. Eu não queria envolvê-lo nisso. Ele era enorme, um soco do Haydar teria deixado qualquer um deles no chão. Pela primeira vez achei que ser forte não era algo ruim. A expressão do A. mudou quando eu disse que gostava dos seus poemas... "Encha isso", ele pediu a Lambo, estendendo-lhe o copo. O Haydar, curvando-se em direção a ele, indagou: "Algum problema, meu amigo?", bramiu. Uma das mãos dele ainda tinha o punho fechado. Segurei-o com firmeza. "Deixe para lá. Vamos. Eu já estava indo embora mesmo", insisti. "O único problema que eles têm é com eles mesmos, essas criaturas medíocres." O Haydar soltou a mão e se empertigou. O A. murmurou: "Desculpe, desculpe", arrependido. Abri a porta. Disse ao Lambo que acertaria a conta no dia seguinte, puxando o Haydar para fora. Por último, eu disse: "Atatürk autorizou os bordéis para que vocês deixassem mulheres como nós em paz. Mas ele se esqueceu de pôr dinheiro no bolso de vocês para que pudessem ir até lá...". A porta se fechou atrás de nós. O Haydar soltou uma gargalhada. Ele olhou para mim e rapidamente puxou a mão dele da minha. "Muito obrigada", eu disse. "Se você não tivesse vindo, eu não sei o que teria acontecido. Eles estavam bêbados como gambás." "Vamos para o Baylan tomar algo e espairecer", ele sugeriu. Fomos até o Baylan. Eu me dei conta de que ele era o meu melhor amigo e lhe contei que ia fugir com alguém. Eu o fiz prometer não dizer a ninguém. "Você refletiu bastante? Pode ser perigoso. Pensou em todos os detalhes?" "Sim", respondi. "Você o ama?" Eu hesitei. "Isso é algo que eu realmente não sei, mas me sinto bem quando estamos juntos. E confio nele. Mas, para ser honesta, não tenho experiência nesses assuntos...", declarei. Ele estendeu a mão e acariciou meu cabelo. "Quer dizer que não verei mais você", disse ele. "Você é uma criança, uma criança levada." Outro silêncio. "Bom, se você precisar de alguma coisa, me avise, onde você estiver, me escreva, me chame que eu vou", ele disse. Levantou-se. "Eu acompanho você até sua casa", disse. Caminhamos juntos até a esquina da minha casa. Então corri para a porta de entrada, toquei a campainha e virei a cabeça para olhar na direção da esquina. Por baixo do chapéu de feltro, ele me olhava com seus olhos negros. Eu me arrepiei. Mamãe abriu a porta. Na sala estava a tia Havva, que lia a borra do café da minha mãe. Subi para o meu quarto. Queria rir e chorar ao mesmo tempo. Mas eu não vou chorar. Eles não vão me fazer chorar. Vou resistir, irei lá de novo... Os esforços dessas bestas para me humilhar e para me difamar serão em vão. Vou mostrar a eles. Obrigada, Halit, obrigada, Meral, obrigada, Haydar. Não fosse por vocês, eu não estaria de pé hoje.

*

Fui à faculdade e vi o Halûk. Ele me cumprimentou de longe, meio desanimado, e foi embora. Que filho da puta! E pensar que alguns meses atrás eu levei um tapa por causa dele. Que grosso! Não, não somente grosso, um mal-agradecido! Esse mula, porco, rato, sapo, piolho, merdinha!

*

De volta à faculdade hoje. É o meu último dia. Amanhã é sábado, depois domingo e então segunda-feira, quando vou começar a esperar. A Meral e eu andamos por todo o prédio da faculdade. Não entramos nas salas de aula. Passamos pela cantina, jardim, biblioteca, pelos degraus das escadas, corredores, corrimões, um a um. Então decidimos dar um último pulo na Lambo. Perguntei a Meral sobre os planos dela para o futuro. "Não é óbvio? Vou me formar e me estabelecer como professora. O que mais poderia fazer?" Perguntei por que ela estava tão magoada e desesperançada. "Não finja que você não sabe", ela disse. "Acho que você está dando importância demais a isso", acrescentei. "Como você anda agindo à moda turca ultimamente! Está igualzinha à minha mãe! Se você também pensa que a decência se resume àquilo que está entre as suas pernas, então é ótimo que eu vá mesmo embora desse país." "Não, não penso assim. Mas possivelmente você não vai entender: eu só não queria ter feito o que fiz." Ela estava certa. "Esqueça isso", eu disse. De novo não havia ninguém na Lambo. "Vamos para o Degustasyon", sugeri, "pela última vez!" Ela estava tão triste quanto eu estava feliz. Eu não queria deixá-la assim desse jeito. Lá no Degustasyon, os poetas R., I., K., L., N. e O. estavam sentados a uma mesa, comendo e bebendo. "Que vão para o inferno! Não estou a fim de aturá-los", disse a Meral. Quando nos viu, o K. se levantou de um salto e zombou: "Ah, aí vêm as nossas meninas anarquistas!", forçando-nos a sentar à mesa com eles. "Não se preocupe! Vamos dar umas boas risadas à custa dessas baratas atrofiadas!", sussurrei para a Meral. Eu tinha ouvido o Haydar contar que esse velho K. falava coisas do tipo: "Vocês podem possuí-las primeiro, a nossa vez vai chegar, eu espero" etc. Com um sorriso malicioso nos lábios, ele levantou o cálice para nos saudar. O L. não perdeu tempo e foi logo se engraçando com a Meral. Não importa o que ela estivesse escrevendo, ele queria que fosse publicado na *Varlık*. A propósito, ele e os outros que se encontravam à mesa estavam prestes a publicar uma nova revista, e ele disse que nós deveríamos entrar para a equipe editorial, pois havia muita necessidade de anarquistas na Turquia agora. "De onde vocês tiraram que nós somos anarquistas?", perguntou a Meral, nervosa. "Está nos seus olhos!", exclamou o L., rindo escandalosamente. Todos gargalharam. A Meral disse ao L.: "Eu já deveria saber que, pelo jeito como escreve, você é o tipo de sujeito que consegue dizer se uma pessoa é anarquista só pelos olhos dela". Dessa vez eles deram uma risada ainda mais escandalosa que a do L., o que o deixou irritado. "É claro que eu não me referi somente aos seus olhos", ele replicou, esperando aplausos dos amigos. Mas estes não tinham a menor pressa de que o deboche acabasse; ao contrário, queriam que a diversão se prolongasse ao máximo. Tive um ímpeto de cuspir na mesa e ir embora, mas isso equivaleria a me rebaixar ao nível deles. A Meral enrubesceu. Ela se voltou com ódio para o L. e eu, por um instante, fechei os olhos; quando os abri de novo, a ouvi dizer: "Nesse caso", começou, "nesse caso, acho que você deveria saber que uma das maiores anarquistas do nosso tempo é a sua esposa". O L. levou um susto, os outros murmuraram; dessa vez eu é que dei uma gargalhada e os outros começaram a rir. Todos sabiam que a esposa do L. era amante do R.. O L. agarrou a garrafa que estava diante dele e o R. segurou a mão dele. A Meral disse: "Vamos embora, você viu como eles são". Eu a puxei e a fiz sentar de novo. "Só mais um minutinho", eu lhe pedi.

O N. levantou o cálice e propôs um brinde a nós. Eu também ergui o meu e o esvaziei. A Meral não. Ela estava tremendo ao meu lado, a testa e a bochecha vermelhas como uma beterraba. De súbito eu bradei: "Senhores! Alguém entre vocês quer se deitar comigo?". Silêncio. Olharam uns para os outros. Tentaram abrir um sorriso, mas sem êxito. "Eu não estou brincando", continuei, "é uma dívida que tenho com vocês. Tenho muitas dívidas com vocês, aliás. A amizade de vocês foi valiosa, aprendi muito. Há dois anos, eu não tinha ideia da existência de um lugar como este, onde estou agora sentada, que havia um mundo tão diferente como este a meia hora de distância da minha casa. Eu não teria acreditado se alguém me tivesse dito que havia pessoas como vocês. Hoje eu os conheço, um por um. Vi com os meus próprios olhos as angústias que os intelectuais turcos sofrem! Descobri como eles olham para as mulheres. E agora eu desejo conceder a vocês, por livre e espontânea vontade, algo que não seriam capazer de arrancar de mim de outra forma, mesmo que para isso se esforçassem por quarenta anos. Escolham alguém de vocês. O mais humilde, o mais miserável! Quero dar uma esmola para ele, pois eu mesma não preciso disto para nada." "Pare com isso, basta", disse a Meral, puxando o meu braço. O R. se levantou e foi embora. O N., voltando-se para os outros, perguntou: "O que essa menina está falando?". Os outros apenas olhavam, paralisados. "Minha cara senhorita, você nos entendeu totalmente errado", protestou o velhote do K.. "Não temos esse tipo de intenção com vocês garotas." "Ah, têm, sim senhor", retruquei, "eu até ouvi dizer que você está esperando a sua vez." O İ. deu uma gargalhada e o K. sussurrou: "Meu Deus", e se calou. E os outros, de repente, como se não estivéssemos à mesa, começaram a conversar entre si e a se servir de *börek* e *turşu*. "Vamos", eu disse a Meral. Eles fingiram que estavam tão concentrados na conversa que nem se deram conta de que estávamos indo embora.

*

"Por que você fez esse tipo de coisa, ficou louca?", perguntou a Meral. "Não sei", respondi. "Não tenho ideia. Mas senti amor por eles quando os encontrei pela primeira vez." "Você é muito estranha. O que quer realmente? O que ganha com isso? Às vezes eu não entendo você." Ficamos em silêncio. Então ela perguntou: "Notou o L.?", com voz tímida. "Ele me olhava como se soubesse da minha situação." "Ah, pare com isso, não seja boba. Como é que ele saberia?", perguntei. "Eles não querem nos aceitar, nos incluir. Eles não querem mulheres turcas no meio deles. É um fingimento a crença deles nas reformas de Atatürk, na igualdade dos sexos. Eles acham que o simples fato de frequentarmos o canto deles para falar de arte, para fazer amizade com poetas, é uma afronta à sua masculinidade. E quando ficam sem argumentos, preferem exibir sua anatomia. Eles ainda são otomanos, otomanos! Pior do que os otomanos..." Nós nos despedimos e nos separamos na Praça Taksim. "Escrevo para você de onde quer que eu esteja, com certeza!", prometi. Os olhos dela se encheram de lágrimas. Cheguei em casa, me sentei na poltrona verde e pensei na Meral. Foi uma coisa horrível o que aconteceu com ela, uma menina tão delicada. E vai carregar esse fardo pelo resto da vida. A mamãe saía e entrava do aposento. Estava preparando o jantar. Toda vez que passava pelo sofá, ela endireitava o cobertor de algodão. Acaso não era a preocupação principal dela me proteger dos homens, me esconder do inimigo? Mas vai acabar por me dar de presente como esposa a um deles. Ela se esforça tanto para criar um anjo para então vir um monstro e destruí-lo em pedaços. Ela está muito bem-vestida hoje também. Por um instante pensei em abraçá-la e contar tudo a ela. O que será que aconteceu conosco? O que aconteceu com a minha mãe, aquela mulher que me embalava no colo quando eu era criança, e que me segurava apertado perto do peito? Eu costumava acordar à noite e ficar escutando o som da respiração dela, preocupada com o que poderia acontecer se ela morresse. O que aconteceu com todas essas pessoas, com o Halûk, com O., com K., com A. B. C. D..., com o Bedri e com a Meral?.. Era como se todos nós tivéssemos sido dizimados por um gigante cruel... "Você está construindo castelos de areia, mocinha. Você está perdida nos seus pensamentos de novo... desse jeito um dia vai se perder mesmo... venha ajudar a arrumar a mesa. O Seu Tayyar e a esposa vêm para o jantar..." "Tudo bem, vou me trocar então." Fui para o meu quarto e chorei. Nos próximos dias, serei infinitamente paciente com a mamãe, para que ela lamente a minha partida ainda mais...

*

Tudo destruído ao meu redor, em destroços. Nada mais tem significado para mim. Estou numa total escuridão. Face a face com a morte. Faz dois dias que não me alimento. Após uma série de ameaças de desmaio, agora a minha mãe começou com crises de choro. Rezou a noite inteira para o Deus permitir que ela morresse antes que a honra fosse manchada. Se eu tivesse conseguido partir, se tivesse tido sucesso, então tudo agora seria exatamente o oposto do que estou vivendo. Eu estaria feliz. Estaríamos rindo... quando pensei em fugir, de mãos dadas com o Halit, às vezes eu sentia tanto medo aqui dentro de mim que pensava em recuar. Mas agora eu faria qualquer coisa para ser dele. Não tenho a menor ideia do que vai acontecer. Estou aqui no meu quarto. Por duas vezes já tentei me matar. Tirei as lâminas que uso para depilar as pernas. Mas estavam cegas. Passei-as de leve pelas veias do meu pulso, mas não consegui. Pensei em me jogar da janela. Abri-a, vi a Torre de Leandro, o Bósforo. A balsa de carros estava saindo do cais de Kabataş — havia telhados, casas, pessoas, vozes de crianças. Eu não consigo olhar do alto, fico tonta. Abaixo da janela há uma pequena área onde as latas de lixo são guardadas. Estamos no segundo andar — não é uma altura suficiente para alguém se matar. E se eu morrer, que diferença isso fará? Apenas dirão que uma menina de dezenove anos cometeu suicídio. E logo tudo será esquecido. Não, eu tenho medo da morte. Muito medo. Quero viver. Eu quero viver e me vingar. Mas de quem? Da minha mãe? Não sei. Ela é culpada? Não. Eu sou culpada? Não. Não sou. Não sou. Não sou. Mas o que vai acontecer agora?.. Eu não sei...

*

A campainha tocou. Fui a primeira a correr em direção à porta. Era o terceiro dia da semana, como planejado. Minha mãe estava na cozinha. Ela se adiantou a mim, olhou para o meu rosto e disse: "Eu abro". Cruzou a porta do corredor e desceu as escadas. Lá de cima, ouvi a voz de um jovem perguntando: "Este é o Beco da Senhora Comportada, irmã?". Quase desmaiei. Voltei para o meu quarto. Minha mãe subiu. "Quem era?", perguntei. "Ninguém. Bateram na porta errada", ela disse. De novo fui para o meu quarto. Eu tremia da cabeça aos pés. Olhei o relógio. Ele voltaria em meia hora. Fui para a sala de estar; dava para avistar a rua de lá. Não havia ninguém na rua, ele devia ter ido embora. Comecei a rezar para que a mamãe saísse ou fosse se deitar. Fui à cozinha. Ela estava limpando espinafre. "Eu faço isso, você pode se sentar", ofereci. A cozinha era o lugar mais próximo da porta da rua. Ela se voltou para me olhar: "Tem coisa aí. Você está tramando algo?", ela disse e continuou: "O que houve com você? Ficou tão pálida!". "Nada, só tenho estudado muito", respondi. "Bem, vá estudar mais, termine essas provas logo, assim você livra a si e a nós também", ela ordenou. Bem nesse instante a campainha soou novamente. O imbecil não esperou meia hora, pensei. Dessa vez eu me ocupei disso. Desci as escadas correndo e abri a porta. Era ele próprio, o Halit. "A senhora Nedret mora aqui?", ele perguntou ao mesmo tempo que passava para as minhas mãos um envelope grosso, embebido de perfume. "Não, não mora", respondi. Ele sorriu. "Minha querida", ele sussurrou. Pus o envelope na cintura da minha saia e puxei a blusa por cima. "Leia — amanhã", ele disse, apontando para o envelope. Então pegou a minha mão e a beijou. Logo a puxei e gesticulei para que ele se calasse. Fechei a porta e subi.

Ela estava plantada no topo da escada. Entrei em casa e me dirigi ao meu quarto como se nada tivesse acontecido. Afinal de contas, era impossível que ela nos tivesse visto porque a porta da rua não é visível do alto da escada. "Me dê isso", ela disse de súbito, enfiando a mão na cintura da minha saia. Eu afastei a mão dela. "Isto é meu, mamãe, solte", respondi. Ela me deu um tapa na cara e agarrou o envelope. Fiquei segurando firme uma ponta dele, que rasgou e ficou na minha mão. Ela pegou a parte maior do envelope e pressionou contra o peito. Pedacinhos de lilases caíram entre nós. Ao vê-los, ficou possuída de fúria e gritou feito louca, investindo na minha direção: "Lilás! Ah, lilás, lilás, lilás!", enchendo-me de bofetadas com toda a força. Ela só parou quando se cansou; aí, ela desabou no chão bem onde estava e começou a chorar: "Estamos arruinados, acabados! E o que dizer da nossa honra? Não nos sobra mais nem um centímetro de honra... todos ficarão sabendo, seremos desgraçados aos olhos de todos!", disse, aos soluços, feito uma criança. Corri para o meu quarto e me tranquei nele. Tirei a lâmina do aparelho de depilar e passei de leve sobre o meu pulso. Mas eu não consegui, simplesmente não consegui...

Olhei-me no espelho. Pareço um animal. Igualzinha a um animal predador! Uns minutos depois, eu me lembrei daquele pedaço de papel rasgado. Salvara uma ponta de formato triangular de um papel dobrado, muitas partes em branco e somente sete palavras ao fim de duas linhas: DO MEU PAÍS, EU, MONTANHAS AZUIS, SUL... Das montanhas azuis do meu país eu rumo ao sul (?), das montanhas azuis no sul do meu país eu (?). No envelope havia um outro pedaço de papel rasgado, mais grosso, sem nada escrito. Os dois com um forte perfume, não apenas de lilás, mas uma mistura de lilás com outra essência. O segundo papel provavelmente era o mapa, a rota da nossa fuga. Desmoronei na cama e comecei a chorar, soltando gritos como rugidos de um leão. Eu podia ouvi-la vociferando do quarto ao lado: "Fugir? Claro! Estava fugindo, a prostituta, e ainda por cima com um curdo dos confins! Fugir, fugir, sua vadia no cio! Ela tem um amante! Que Deus leve a alma dela, ela tem um amante! Minha filha tem um amante! E, ainda por cima, ele é curdo, um curdo!..". Ouvi alguém bater na porta da rua, a voz do inquilino do andar de baixo e a minha mãe gritando: "Não é nada!", e fechou a porta na cara dele... Levei o pedaço de papel ao nariz: aquele cheiro, aquele cheiro: eu colhi este perfume nas montanhas azuis do meu país, com as minhas próprias mãos... Agora é o fim do segundo dia. À meia-noite eu destranquei a porta do quarto e saí. A mamãe dormia e o papai não estava em casa. Como ele reagiria se estivesse aqui? Ela trancara a porta da rua e guardara a chave. Eu sabia que ela faria isso. De qualquer forma, aonde eu iria e com quem?.. Fui para a cozinha e me empanturrei de pão e água. Voltei para o meu quarto e apaguei. Nada mais importa para mim, nada mais...

*

A campainha soou. Ouço a voz da Meral: "Eu não a tenho visto na faculdade. Estou preocupada. Ela está doente, tia?". Apressei-me e dei de cara com a minha mãe. Ela me encarou com um olhar vazio, então correu aos soluços para o quarto dela, trancando a porta atrás de si. "Ah, querida, o que houve com você?", disse a Meral me abraçando. Contei-lhe tudo; ela começou a chorar. "Então você também ficou presa aqui, também não conseguiu ir embora", ela disse. Ela estava chorando por mim ou por ela mesma? "Pare com isso!", eu lhe disse. "Eu chorei, mas na verdade não senti dor nenhuma quando ela bateu em mim. Não sei como esses machucados e hematomas vieram parar aqui. Eu só quero fugir. Encontrar o Halit." "Como assim, o Halit? Ele já não partiu?" "Não sei, Meral. Não há mais ninguém além de você para me ajudar. Eu não quero mais viver nesta casa..." "Espere, se acalme um pouco, vamos pensar", ela disse. Então tirou um maço de Yenice da bolsa, secou os olhos, acendeu um cigarro para mim e outro para ela... Eu lhe mostrei o pedaço de papel e os pedacinhos dos lilases. Cheirou-os. "Argh! Têm cheiro de óleo de tomilho", disse rindo. "Pelo jeito, as montanhas azuis do meu país têm um cheiro horrível!" Chorávamos e ríamos ao mesmo tempo. "Já sei!", ela gritou de repente. "Já sei, já sei! Eureca, eureca!", ela começou a pular. "Silêncio! Minha mãe pode estar ouvindo atrás da porta", adverti. Sentada na beira da minha cama, ela exclamou: "Você irá se casar!" E prosseguiu: "Mas não de verdade, aí daqui a alguns meses, quando você quiser, pode se divorciar. Ele pode casar só para salvar você. Nem precisa se deitar com ele se não quiser..." "Você enlouqueceu?", perguntei, atônita.

“Que homem aceitaria uma coisa dessas?” “O Bedri.” “O Bedri?” “O cego pediu um olho para Deus e Ele lhe deu dois. O Bedri é loucamente apaixonado por você, a sua mãe vai adorar a ideia e *eu* vou ser sua cunhada!” Com essa, ela se esborrachou de tanto rir. “Mas ele vai aceitar um casamento assim?” “É claro que vai. Na hora! Por um tempo, todos nós moraremos na mesma casa, aí depois você pode se reencontrar com o Halit, achar um emprego, de qualquer forma você vai se livrar desta casa.” Ela foi embora sem nem se despedir.

*

Eu e a mamãe acabamos de voltar das compras. Faz dias que temos saído para comprar coisas, ando exausta e os meus pés estão inchados de tanto ir de loja em loja. É claro que ela não quer um enxoval simples para mim. Ontem ela encomendou um dormitório de jacarandá. Hoje compramos o vestido de noiva. A mamãe e eu ainda não decidimos se eu vou usar um véu ou flores no cabelo ou encomendar um chapéu branco da estilista Margarit. O meu noivo é, realmente, um rapaz muito bom, verdade seja dita. Eu comecei a me sentir mais próxima a ele. A mamãe o adora, não se cansa de elogiá-lo. O meu pai ficou surpreso, estupefato até, com esse casamento às pressas, mas a mamãe lhe disse: “É melhor assim, é melhor. As meninas não devem demorar muito para casar”, e então ele se acostumou com a ideia. Ela não contou nada ao papai, manteve tudo em segredo. E desde o dia em que a tia Nazife veio pedir a minha mão, não houve nenhuma menção, nem mesmo entre nós nenhuma menção ao que aconteceu...

Uma noite dessas, depois de muita insistência do Bedri, a mamãe consentiu em me deixar sair para jantar com ele, na companhia da Meral. Foi a primeira vez, depois de um mês e meio, que eu saí sem a presença da minha mãe. Eu estava ébria de felicidade. Fomos a Lambo. *Mösyö* Lambo ficou surpreso ao saber do nosso noivado. Perguntei sobre o Halit. "Eu não sei", disse ele, olhando para o Bedri. "Pode falar abertamente, *mösyö* Lambo, somos todos amigos", tranquilizei-o. "Mas eu não sei mesmo, minha filha. Ele veio aqui faz algumas semanas, talvez dois meses ou menos, aí eu soube que ele foi pego de novo e enviado à aldeia dele. Não sei se isso é verdade ou não." "Em todo caso, você deveria escrever para ele e botar fim nisso", disse Bedri. "Mas como ele responderia?" "Ele pode escrever para o meu endereço. Eu entrego a carta a você." Na volta a Meral me perguntou: "Você viu quem estava sentado sozinho no canto? O seu Halûk! Ele está bem! Abriu seu próprio um estúdio fotográfico em Beyoğlu, um estúdio grande, e aquele garoto é o assistente dele". Então ela deu o braço ao irmão, e eu ao meu noivo, e no escuro avançamos rumo à sagrada instituição do casamento.

O PAI

tua alma se esvanece, és despido
entre amigos e inimigos isso é sabido
seu corpo é lavado e colocado
sobre a pedra fúnebre rígido, lívido

MANHÃ

I

O homem conhece os peixes desde bem antes de Cristo. Por conhecer os peixes, ele também aprendeu sobre o comércio, sobre barcos. Bem antes de Cristo. Há quanto tempo, em 1707, ele estava morto? Foi nesse ano que o francês Denis Papin concebeu o primeiro navio a vapor operado por pistão. James Watt veio depois, em 1801; foram ele e Fulton que construíram o primeiro navio a vapor. Nas laterais do navio, havia rodas de pás; elas se

> estilhaçavam numa tempestade mais forte. Mais tarde o uso do motor a vapor se propagou, tanto por terra como por mar. Os ingleses começaram a usar navios para atravessar o Atlântico. O RMS *Rainha Elizabeth* pesa 83.673 toneladas. Ao longo da Revolução Industrial, a maquinaria naval evoluiu ininterruptamente. Os motores de corrente alternada em 1840, depois as turbinas, motores de combustão interna em 1894 e motores a diesel em 1904. Não estarei mais aqui para ver as próximas inovações, pois estou prestes a morrer.

Acordo com a límpida luz da manhã. Já faz um tempo que não fecho as cortinas quando vou me deitar. Com o alvorecer, enxergo os ramos da árvore-da-seda, vejo suas folhas balançarem, tantas quantas a minha janela comporta. A Nuriye esqueceu de tirar o cabo da geladeira da tomada de novo... O destino, a previsão da hora da morte. Penso nisso, mas também em Watt, em Fulton e na imbecilidade desse dr. Sermet Vergin. Meu estômago está cheio d'água, inchado como uma jarra de barro, e aquele desgraçado diz que são gases... Como esses açougueiros desistem rápido das pessoas... "É culpa do sistema", diz a Nermin. Nermin é a minha filha. A Nuriye escolheu esse médico porque ele é o médico de família do adido militar. Nuriye é a minha mulher. Graças a Deus que o filho da vizinha, o Naci, nos visitou para beijar a mão durante o *Bayram*. Ele recém se tornou médico. Antigamente ele roubava ameixas do nosso jardim. Ele sim, só de dar uma olhada já identificou a minha doença. Quando a Nermin era jovenzinha e solteira, ele ficava de olho nela. "Você provavelmente tem barriga-d'água, tio", ele declarou. Hoje de manhã, vi na privada que tinha sangue nas minhas fezes. Na sala de banho, de repente comecei a tremer. O suor banhava as minhas costas. Um suor de morte. "Você vai morrer, você vai morrer", disse a mim mesmo, "Azrail está esperando por você. Ele veio buscar sua alma." A Nuriye me agarrou pelo braço e me levou para a cama. Dava para ver o borrão de sangue nas minhas fezes. Ela não puxou a cordinha da descarga.

Com discrição, ela convida cada visitante a ir à sala de banho e mostra as minhas fezes. Agora ela empurrou a Nermin e o meu genro para ver a privada. Vem cuidando de mim há muito tempo, noite após noite em vigília ao meu lado. Quando eu morrer, ela se libertará e poderá enfim ter um sono profundo, descansar por muito, muito tempo, e soltar um *ah* de alívio!..

Faz meses que passo as noites observando: a janela, as grades de ferro, a árvore-da-seda, o céu. Eu contemplo o céu sendo coberto por nuvens e, de repente, se abrindo de novo, azul e rosado, como a aurora vista do convés de um navio.

Minhas dores desapareceram como se extirpadas pela lâmina de uma faca. "Por acaso o papai viu isso?", perguntou a Nermin no banheiro. "Não, não viu." Elas acham que não ouço o que falam, mas eu consigo ouvir qualquer ruído de máquina. Com base nesses ruídos, os meus ouvidos traçaram um mapa. Eles se debruçaram sobre máquinas por cinquenta e cinco anos; se uma mola tremesse, uma porca se soltasse, uma manivela precisasse de ajuste... Um navio, um navio, se eu tivesse um navio, proa, mastro, traquete, bujarrona, draiva, vire o guindaste!, ice o lais da verga!, cheire o condensador!, verifique o medidor de vapor!, observe o evaporador...

"Acho que ele deve ser internado urgentemente!", disse meu genro. Como se pode morrer numa casa como essa, que é um cocozinho de mosca? Onde lavarão o corpo? Onde colocarão a mesa funerária para as abluções? O meu genro é radiologista. Eles não me deixarão morrer na minha própria casa, não vão permitir isso. A Nermin e ele se aproximam de mim como se nada estivesse acontecendo. Minha filha senta aos pés da cama. "Olá, paizinho, como você está?" Ela sempre inicia a fala com um "olá". Quando eu voltava de uma viagem — nos bons tempos —, nós costumávamos tomar uma taça ou duas juntos. "Olá, paizinho, bem-vindo, velho lobo do mar!", ela dizia. Meu genro está plantado à soleira da porta, ele sempre fica plantado lá, com cara de desânimo. Meu genro, todo empertigado, parece uma vassoura. Não posso mentir, não posso dizer que simpatizo com esse rapaz. Onde é que a Nermin foi arranjar esse sujeito? De todo modo, graças a Deus que agora temos ele e não aquele outro, o cigano almofadinha. "Como está, papai?", perguntou meu genro. "Como você está vendo, meu filho." "Então, está bem." "Se estou bem mesmo, vamos tomar um cálice de vinho." Eles dão risada. Sim, podem rir, à vontade... não são vocês que estão morrendo, não é? Aí eles me deixam só e vão até o telefone. Ligam para o Hospital Americano...

No nosso país a água do mar é sempre gélida, no verão ou no inverno. As ondas, que se chocam contra a costa, chegam a trinta pés ou mais. Foi por causa da Primeira Guerra Mundial que a minha família se mudou para Istambul. Eles moram numa mansão em Fatih. Fiquei aqui com a Mãe Romrom[4]. Terminei o ensino médio, sabia de cor o Corão, eu tinha uma voz melancólica e penetrante. Quando vim para Istambul, meu irmão mais velho, o capitão, me matriculou na Escola de Música Gülşeni. Meu professor era o *hoca* Abdülkadir. Quando, nas celebrações religiosas, eu recitava versos do Corão no modo *hüseyni*, as mulheres cobriam o rosto com o lenço e choravam... A casa da nossa família ficava na encosta de uma colina. Não era uma simples casa, era um verdadeiro castelo, com os muros ameados e uma torre! Eu me lanço ao mar Negro, que atinge as rochas da nossa colina. Que a água me leve para o fundo e que eu me choque contra os peixes na espuma. Desde a Convenção de Londres, o cabrinha, o curimã, a solha, o rodovalho e o linguado foram considerados desmilitarizados. O que mais essa ondulação provoca? Faz os peixes girarem num turbilhão novamente, me joga de volta à costa com um baque, e eu saio da água sem um arranhão sequer. Só de mencionar a palavra "mar", o meu coração bate feito um tambor. Subo de novo a colina. A Mãe Romrom, a primeira mulher do meu pai, me suplica: "Não faça isso de novo, eu lhe imploro!". Era estéril, não pode ter filhos. Ela está sentada ao sopé do louro-cereja, os olhos cheios de lágrimas. Meu pai morreu logo depois de sair da Marinha. A Mãe Romrom pendurou o uniforme dele no intransponível muro do castelo, colocando uma toalha feita à mão ao redor dos ombros. As mangas bordadas a ouro balançam vazias no muro. "Me dá o uniforme, Mãe Romrom, quero prová-lo. Deixa eu virar general!", mas ela não me deixa nem tocar nele. Chegam os tempos em que as pessoas daqui

4 No folclore da região do mar Negro, figura assustadora; no nordeste da Turquia, uma "fada madrinha".

ou vivem na penúria e na miséria, ou são obrigadas a ir para o exterior. Eu me mudo para Istambul em definitivo, para ficar perto do meu irmão, o capitão, que me quer junto a si; os meus outros dois irmãos o inimigo matou. Agora ele é o cabeça da família. Minha mãe verdadeira, meu irmão capitão e eu vamos morar numa grande casa em Fatih. "Foi aqui que nasci, vai ser aqui que eu vou morrer, vocês têm que me enterrar aqui no jardim ao lado do seu pai, sob o louro-cereja", diz a Mãe Romrom. Ela se recusa a vir conosco.

Ninguém atende o telefone do hospital... Hoje é domingo... Pelo visto, o médico também não está em casa. A campainha soa. A voz é da Zehra, a vizinha do lado, uma verdadeira tagarela. Primeiro, a Nuriye a leva à sala de banho. Elas cochicham algumas coisas lá dentro e então entram no meu quarto... Ah, a minha mulher estava chorando! "O que é que está acontecendo, Seu Hasan?.." Eu sempre sei quando minha mulher andou chorando... Percebo imediatamente pela expressão de seus olhos, aqueles olhos sem cílios que parecem os de uma carpa... Faz quarenta e cinco anos que estamos casados... "Se o meu filho estivesse vivo agora, ele teria quarenta anos...", disse ela chorando.

Ela derramou muitas lágrimas quando o irmão mais velho dela morreu. "Ele era o meu único apoio na vida." E quando eu falei em me divorciar dela — foi a primeira vez que quis me divorciar dela, em Beşiktaş — ela disse: "Eu vim para esta casa para cumprir meu destino; só saio daqui morta". Na verdade, eu não queria me separar dela, mas sim torná-la mais submissa e dócil. E quando o nosso primogênito morreu, realmente pensei que ela fosse enlouquecer. Ela se agarrou ao pequeno cadáver: "O meu loirinho, o meu leão loiro se foi. Este mundo agora é um deserto para mim, que Deus nunca mais me dê um filho". Ela repetia esse refrão jogando-se contra a parede, do mesmo jeito que faziam nos romances que ela gostava de ler... Ela dizia "meu filho loiro" para enfatizar que ele havia puxado o lado dela da família. Meu sogro era loiro e eles o chamavam de o respeitável senhor Loiro. A filha puxou mais a mim, o garoto puxou à mãe. Depois desse dia, é uma mulher em luto que encerro entre os meus braços... ah, sim, e quando eu quase me afoguei no mar aberto perto de Kefken, quando ficamos encalhados, um jornal noticiou: TODOS MORRERAM. Então ela disse apenas: "Você não teve dó de deixar uma órfã, Hasan?", e seguiu soluçando. Só isso, depois de tudo que havíamos passado no mar... Dá para dizer que escapamos por um triz. Seis de nós conseguimos escalar uma rocha, incluindo o Yakup, de Mamul, e o capitão Kâzım, de Istambul (que acabou morrendo logo depois de encerrar a carreira na Marinha...). Com uma tempestade de neve de um lado e a fome de outro — a noite um breu — sentimos que estávamos congelando até a ponta dos pés. "Vamos dançar o *horon*", sugeri a Yakup, "vamos dançar até o amanhecer." Ele começou a cantar e logo estávamos pulando no ar:

Riv riv riv e riv riv riv e riv riv riv e riv riv riv
O braço do meu kemençe *é de ameixeira, ameixeira.*
Como eu viveria sem ti, moça linda e fagueira?
É por causa dos gregos esse fuzil nos meus ombros?
Isto é hora de ficar preso nessa colina em escombros?
Riv riv riv e...

E como eu animei aqueles seis lá em cima dos rochedos! A noite inteira. Já de manhã, veio um barco motorizado nos buscar. Nem aí o capitão Kâzim tinha parado de pular... Sempre que me encontrava, depois daquele dia, ele me dizia: "Que tal um belo *horon* até o amanhecer, hein, engenheiro-chefe?". Opa, opa, opa! *Riv riv riv e...*

Ela apertou a Nermin contra o peito: "Você não tem dó da sua pobre filha, hein, Hasaaan? Sem nem mesmo um buraco para enterrar você, afogado no fundo do mar, hein, Hasaaan? Sendo devorado pelos peixes, hein, Hasaaan?". Quando estávamos a sós, ela não agia como a filha de um maltrapilho senhor albanês, não, ela agia como se fosse neta do próprio rei Zog. Nunca se atirou nos meus braços e me chamou de "meu marido adorado". Ela ficou lá como o mar sem ondas, em pé na costa, toda empertigada tal qual um tronco de árvore com séculos de idade. "Só a gentalha demonstra os sentimentos!.." "Logo vai melhorar, Seu Hasan! A Senhora Şüheda também estava mal, mas se recuperou." Fechei os olhos com força. "Acho que ele quer dormir, vamos lá para dentro."

Quando minha cunhada viu meu irmão capitão pela primeira vez, alto, os cabelos loiros, os olhos azuis e o nariz aquilino, ela disse: "Tenho que ser esposa dele, de qualquer jeito!". E ele se casou com a bela tártara, que o envolveu nos braços. A tártara pegou seu piano de cauda, suas partituras, a trouxa de roupas e se mudou para o nosso casarão. Lá em casa havia manteiga de Trebizonda, anchova salgada, laranjas e sacas de avelãs... Não continuei a ter aulas com o *hoca* Abdülkadir... No casarão eu tenho o meu *oud*, as minhas canções e a minha verdadeira mãe...

Não há maior tristeza no mundo do que a separação
Venha à noite para o banquete e viva a celebração!

A vizinhança toda achava que a minha voz era bonita. Quando eu passava, podia sentir na nuca o suspiro das mulheres atrás do muxarabiê. Quando pedi a mão da Nuriye, ela não pensou duas vezes. Tinha dezesseis anos na época. Não fazia nem um mês que ela havia chegado quando um incêndio assolou o casarão. O azul do mar Negro ficou cinza de fumaça. Conseguimos salvar o *kemençe*, o *oud* e o sabre cerimonial que meu pai usava nos desfiles perante o rei da Inglaterra. Apagado o incêndio, remexemos as cinzas e, em meio a elas, aparece o piano intacto. Minha cunhada tártara exclama: “Foi comprado com o dinheiro honesto do meu falecido pai!” e, enxugando as lágrimas, começa a tocar uma canção antiga. Mamãe também morreu nessa ocasião. Ela se encontra enterrada em Eyüp. Quarenta, cinquenta anos desde que tudo isso aconteceu? Se eu morresse agora, será que a Nuriye seguraria as lágrimas e diria: “Só a gentalha demonstra seus sentimentos”?

Se eu tentasse olhar, do meu leito de morte, se erguesse a cabeça entre os ombros caídos, eu ouviria um “Levante-se e comece tudo de novo”; uma voz me diria:

Com o dinheiro da venda, compre um barco de vela quadrada, um de quatro toneladas. Para você, para o seu irmão capitão e para o seu tio Memiş.

Abasteça na Romênia, venda em Giresun; aí, pegue várias sacas de avelã para vender em Istambul.

O tio Memiş embolsou o lucro da venda de quatro mil quilos de avelãs sem casca; você e seu irmão ficaram endividados. Pouco importa a esse tio que vocês sejam filhos da irmã dele.

Felizmente, o respeitável tio Haci Mahmut, imã da tripulação do encouraçado *Turgut Reis*, que mensalmente recebia quarenta e cinco liras, teve misericórdia de vocês e lhes ofereceu todo o seu salário.

Alugue uma casa em Tabak Yunus, meu pobre Hasan, e instale a Nuriye e a cunhada tártara lá.

Compre um barco de segunda mão por cento e setenta *kuruş* e leve os clientes do mercado de Yağkapanı ao pier de Yemiş İskelesi.

O dinheiro não é suficiente. Mande a Nuriye para a nossa terra natal para ficar com a Mãe Romrom.

A cunhada tártara morre de tuberculose e você herda o piano dela.

Você passa as noites num quarto miserável, de madeira, alugado a cinco *kuruş* por mês, que fica acima do café do senhor İsakzade Ahmet, na rua ribeirinha que leva a Yağkapanı. Só a cama e o cobertor pertencem a você.

Você ganha de seis a dez *kuruş* por dia. (Um *okka* de pão, que equivale a mil cento e vinte gramas, custa um *kuruş*. Pão dormido custa trinta *para*, então você come pão dormido).

De almoço, coma um prato de feijão-branco (vinte *para*), um prato de arroz (vinte *para*), um pedaço de pão de trezentos gramas (dez *para*). Isso dá um total de cinquenta *para*.

Outros cinquenta para o jantar.
Um café, dez *para*; um chá, dez *para*; algo para se refrescar, como uma limonada ou um sorvete, dez *para*.
Três *kuruş* por dia para se alimentar, você vive assim por dois anos.
Você também tem que se vestir, pagar o aluguel. Suas roupas sujam rapidamente.

Vamos, RECOMECE! Não morra agora, vamos, recomece!..
NÃO MORRA!
VAMOS, RECOMECE!..
UM, DOIS.
UM, DOIS...

Espere, não acabou. Seu irmão, o capitão, arrumou uma colocação para você no vapor *Osmaniye*, que navegava sob a bandeira da Inglaterra e pertencia à Sociedade Egípcia do Quedive. Ele conseguiu fazer isso bajulando, pagando um suborno de duas liras, e, assim, obteve documentos falsos. Comece a sua vida no mar como foguista na linha

Istambul–Alexandria por um salário mensal de três libras esterlinas.

Ao fim da Primeira Guerra Mundial, são fundadas as Forças Nacionalistas e você, junto com o seu irmão, vai e se une a elas.

Carregue, no seu navio *Crimeia*, a munição fornecida por uma organização clandestina em Istambul, para reabastecer as Forças Nacionalistas nos portos de Samsun e Trebizonda.

Uma vez, quase atracando em Samsun, você é parado a dez milhas do porto pelos navios gregos *Erax* e *Naxos*: um está equipado com torpedos, o outro, com mísseis. Dois gregos, armados de baionetas, amarram o *Crimeia* à popa do *Naxos*. Arriam nossa bandeira e içam a azul e branca.

Junto com seus passageiros, crianças inclusive, você é levado a İğneada. Eles saqueiam o *CRIMEIA*.

Você e mais quarenta pessoas passam a noite num café miserável.

Pela manhã, após reunirem quarenta homens capazes de portar armas, quarenta soldados gregos escoltam vocês, à ponta de baioneta, a Kırklareli, conhecida antigamente como Kırkkilise, a cidade das quarenta igrejas. Vocês marcham dezesseis horas por dia, todos os dias. Quarenta vezes eles chicoteiam vocês com seus cintos porta cartuchos, aos gritos de: "*Vre, kayimeni turkospari, hathite palioturakalades!*", ou seja, "Vamos, seus turcos, mexam-se! Cadê o orgulho nacional de vocês agora?!", e quarenta vezes cospem e quarenta vezes mijam no seu orgulho turco. Mesmo que tenhamos feridas purulentas, e que a planta dos nossos pés sangrem, eles fazem você marchar, marchar, marchar, marchar, sempre marchar...

VOCÊ SUPORTOU TUDO ISSO PELA PÁTRIA!

Enfiam você no campo de prisioneiros de guerra do Pireu por dois anos!

Salve o seu país, seu lambe-botas, vamos, faça a sua parte, tente salvá-lo!
VAMOS!
VAMOS, RECOMECE!
UM DOIS TRÊS QUATRO, UM DOIS TRÊS QUATRO!..

> Entre nós, a navegação e o contrabando se desenvolveram lado a lado. Os primeiros armadores vieram do mar Negro. Começaram com um pequeno barco a vela. Logo que adquiriram um vapor, começaram a traficar. Na maior parte, tráfico de ópio, haxixe e heroína. Os antepassados de algumas das pessoas mais ricas de nosso país construíram o futuro de seus filhos e netos com base no "roubo de força maior". Você faz uma declaração de dano geral dizendo que a mercadoria foi danificada ou caiu no mar, atraca no porto e carrega um caminhão com tapetes até o teto. Isso é um caso de força maior para você...

A nossa frota mercante se desenvolveu assim. Isso vale especialmente para o navio transportador de diesel de Hamit Mordon. Ele pertencia a uma confraria de dervixes, discípulos de Abdülkadir Gilani. Era confiável. Durante a guerra ele nos fez transportar secretamente armamentos para Chiang Kai-chek e, dois anos depois, comprou o segundo navio petroleiro. Quando ele começa uma conversa, não há como duvidar da humanidade dele; com sua sabedoria dervixe, ele faz seus olhos se encherem de lágrimas. Nunca esquecerei que ele me emprestou mil liras para comprar esta casa. Vejam só que homem perfeito... Eeee! Naquela época, é claro que, como servos, estávamos sujeitos a todas as ordens, pés machucados, boca fechada, tínhamos família para manter, nós éramos os condenados das galés. "Condenados das galés", é assim que a Nermin nos chamava, e era verdade. Sempre ficamos quietos. Senão estaríamos rastejando na miséria. Até que um dia vi que os navios tinham se multiplicado. Se eu não achasse trabalho em um, acharia em outro. Com um cigarro na boca, eu me pus em ótimo estado de espírito e fui ter com o meu empregador: "Ei, chefe! Me dê meu dinheiro! Me libere! Existe democracia neste país, e graças a nós, você tem o privilégio de me liberar, depois de me pagar, claro!..". Por acaso a Nermin não tem razão? Ela só não deveria exagerar. Se os meus sapatos ficam velhos e rasgados, ela diz: "É o sistema"; se a senhora Mahsune é pega em flagrante com o amante, ela diz: "É o sistema"; se um navio afunda numa tempestade, aí ela diz: "É o sistema". "Que beleza é esse seu socialismo", comentei com ela um dia, "o homem não tem responsabilidade sobre nada, todo estrago é causado pelo sistema!" Ela apresentou argumentos, mas rebati com a nossa religião, o livre-arbítrio e a vontade de Deus. Eles deram um jeito de facilitar as coisas, esses socialistas. Mas como eu dei risada nesse dia... "Ficar quieto não é humilhante, não significa se render!", exclamava o meu irmão capitão. "Você abaixa a cabeça, escapa, apenas para reunir forças e contra-atacar. Mas, se você se perder na servidão, então está acabado, não presta mais. Não diga que não lhe avisei." Ele me criou desde os dez anos de idade, é meu pai e irmão. Não me esqueço, não, jamais!.. "Imagine se eu fosse um integrante da Assembleia Nacional, quantos marinheiros você acha que eu poderia salvar?", ele perguntou, e demos risada. Às vezes ele se mostrava seco e, em troca, recebia apenas uns sorrisinhos; sabíamos que ele falava com muita franqueza. Agora, já não sei ao certo se estou sendo franco ou não, mas quando estou com raiva eu xingo com toda a franqueza. Ele nunca se enraivecia. Nunca o vi levantar a voz; por essa razão todo mundo o amava. Mas que diferença faz se você é amado por todos ou não? Estou deitado aqui e vou morrer. Que importa se eu fui franco ou não? Quem ajudou meu irmão quando ele estava morrendo?.. Um dia eu perdi a cabeça porque ele, o tempo todo, ficava me perguntando: "Quem matou Suphi?". Era como se tivesse enlouquecido. Quando já estava nas últimas, ele se aproximava das pessoas e, curvando-se, lhes perguntava baixinho: "Quem matou Suphi?". Fiquei furioso com ele. "Pro inferno com o seu Suphi!", eu gritei. Então brigamos e ele morreu com raiva de mim, o meu irmão, o capitão.

Sim, os jovens de hoje acharam o jeito mais fácil. Dei muita risada naquele dia. É bem aqui, nesta nossa casa, que eu vou morrer. Já decidi, não vou para o hospital. Na varanda envidraçada que depois construímos na casa, nos sentamos frente a frente, pai e filha, e acendemos nossos cigarros. Não sou nenhum fanático, deixo a minha filha fumar na minha presença tal qual um pai europeu. Naqueles dias, como sempre, ela usava uma saia preta e uma blusa preta... Era um daqueles dias lindos, como hoje, a folhagem da árvore-da-seda ondulava feito um leque. As passifloras da Nuriye subiam pelo muro do jardim; as poinsétias, flores de Atatürk, floresciam em vasos vermelhos, as manjeronas, os brincos-de-princesa, as begônias, as magnólias, as zínias, as campânulas... O sol estava dependurado do outro lado do terreno, pintando a grama crescida de um tom carmesim. Havia um aroma no ar, o mesmo cheiro que existe na costa do mar Negro, um cheiro púrpura de sal, e quando ele acariciava o rosto ou os cabelos da Nermin se transformava num perfume rosa. Ao olhar para ela naquele dia, de imediato entendi por que o dr. Naci, o filho do vizinho, tinha se apaixonado por ela, os olhos cintilantes, ela falava com a alma; ao olhar para ela, os murros que levei todas essas décadas, as águas imundas do sofrimento e da dor pareciam fluir para fora de mim, e eu me purifiquei. Eu não sentia mágoa nem ressentimento de ninguém. Ela me olhou e entendeu o que eu estava sentindo: "Então, papai", ela disse, "você construiu esta casa e se instalou nela. E agora você pode ver o jardim que a sua mulher cultivou com tanto amor, você acende um cigarro, sua filha vem visitá-lo. É como se você não tivesse sido um condenado das galés por cinquenta anos. É como se você já tivesse esquecido completamente o passado...".

O conforto perverte essa garota. Ela tem minhoca na cabeça; está sempre criando preocupações desnecessárias. Eu me calei, atribuindo tais palavras à sua juventude, mas ela insistiu: "Não seria ótimo se todo cidadão tivesse um espaço de setenta metros quadrados assim, com três cômodos e um jardinzinho de flores para si? E se todos pudessem dar aos filhos uma educação decente e no fim receber dois ou três *kuruş* de pensão por mês? Não seria ótimo?". Continuei em silêncio... "Mas a maioria não consegue nem encher a própria barriga", ela prosseguiu. Olhe para ela agora, ela não quer ser amada, ela se recusa a ser feliz, como se a felicidade fosse algo repugnante!.. "Deve haver algum uísque no armário, de suas últimas viagens. Quer que eu sirva um copo para nós?", ela perguntou. Eu me dirigi a ela com uma voz baixa, calma e sincera, tal como era a do meu irmão capitão: "Não posso beber. Parece que tenho barriga-d'água". "Que água é essa?", ela perguntou, empalidecendo. "Que água? Deve ser a água do mar, claro", eu respondi, sorrindo. Seus lábios tremeram. Ela ficou tão furiosa quanto um tubarão irritado. "Aqueles desgraçados!", grita num ímpeto. "Por acaso aquele dr. Sermet Vergin não disse que eram só gases?.. Merda de médico, merda de sistema!", sacudindo as mãos levantadas acima da cabeça, os punhos cerrados, ela gritava feito uma bolchevique de quinta categoria. "É isso que dá votar nessa gente!" (as eleições estavam próximas). "Tudo isso é culpa deles e do sistema podre; você esqueceu o que teve de aguentar naqueles navios pútridos, a comida infecta que forneciam, o grão-de-bico bichado, as compotas cheias de moscas, comida que eles não dariam nem para os cachorros..." Ela continuou a enumerar. "Mudar de rota!", gritei. "Me conta, é verdade que erradicaram a cirrose da Rússia?" Ela nem me ouviu. "Não pode ser, não pode durar para sempre, alguma coisa tem que ser feita, alguma coisa...", ela disse isso e correu para o telefone. Nem se deu conta, mas estava chorando. Torrentes de lágrimas desciam de seu rosto. Fiquei surpreso. Então minha filha me ama, me ama, e os meus próprios olhos começaram a lacrimejar. Ela ligou para o meu genro e localizaram esse médico, um verdadeiro filho do povo! Estão ligando para ele neste momento... ele é natural da Anatólia, não menospreza pessoas como nós, ele vai fazer tudo que for possível, esse médico... Às vezes me pergunto, como vocês categorizam as pessoas; o que passa pela cabeça de vocês para que tenham tamanha desconfiança? São todos estranhos filhos da República. Atatürk e nós deixamos a nação livre de inimigos. Eles não conheceram lutas nem passaram fome, nunca foram prisioneiros de guerra, nunca apanharam dos gregos e nunca a bandeira dos infiéis cruzou a sombra verde de seus navios. Qual médico, qual filho de Atatürk se recusaria a cuidar de mim — cuja planta dos pés está tão esfolada — e conscientemente me prejudicaria sob o pretexto de que não pertencemos à mesma classe?.. E os amigos deles são do mesmo calibre. Eu conversei com alguns, parece que eles vão nos vingar! Alguma coisa aconteceu ao mundo enquanto eu estive em alto-mar? Alguma coisa aconteceu ao mundo que deixei para trás, mas o quê?

A porta... A Nuriye de novo vai abri-la. É a Dona Melek, mulher do adido militar, outro vizinho, o mais distinto da vizinhança, aquele cujo médico da família é o dr. Sermet Vergin. Até mesmo essa vizinha, a Nuriye conduz à privada para mostrar as minhas fezes com sangue, sempre à espera de espectadores. Agora a Nermin se juntou a elas. "Cirrose?! Foi isso que causou o sangramento? É isso mesmo?!" Demonstra um espanto educado. Nuriye: "Sim, cirrose, minha cara Melek. A mesma doença que Atatürk teve!". Nermin: "Provavelmente deixou para ele como herança". "Ah, que indelicadeza", disse a mãe dela, estarrecida. Essas duas não se dão bem, brigam o tempo todo. O que vai acontecer com elas depois da minha morte? Eu daria tudo para saber. Minha mulher começou com a choradeira de novo, e também aquela assoação do nariz. Então as três entram no meu quarto. "Como está, Seu Hasan? Estimo melhoras." "Estou bem, muito bem, Dona Melek. Fique de olho na Nuriye, sim? Não a deixe ficar tão sozinha." Olham para mim espantadas: "Ora, o que você está dizendo? Doenças fazem parte da vida. Ficamos doentes, as doenças vêm e vão embora, no fim você ficará curado", diz a vizinha, tolamente. Minha mulher começa a soluçar, então a retiram do quarto. A Nermin fica. Diante da adversidade, ela endurece, tem sangue-frio. Diz o provérbio: "Raposa encharcada não tem medo da chuva". Ela senta à beira da minha cama e passeia o olhar por meus pés, minhas pernas, meu *kemençe*, o braço do meu *kemençe*, meu queixo, meus lábios, nariz, olhos, sobrancelhas, cabelo e ouvidos. Minha mão estava descoberta e dependurada ao lado da cama; ela a tomou e mediu o meu pulso. "Sente alguma dor?", pergunta. "Não, agora estou bem." Ela olha para o tapete sob seus pés. Eu naveguei de navio em navio, de porto em porto deste tapete. "Diga-me agora, Dona Nermin", lhe pergunto de repente, "Deus existe ou não?" Ela virou lentamente a cabeça, lançou-me um olhar triste, como se há muito esperasse essa pergunta. Ela nada disse. Inúmeras vezes discutíramos esse assunto. Esperei. "Ora, me diga!", fiz como se estivesse zangado. "Como é que vou saber, papai? E acaso é hora de se perguntar isso?", disse, com voz embargada. "Como assim, não é hora, não estou morrendo agora?", perguntei com bom humor. Ela se empertigou e, com a obstinação costumeira, disse: "Você já sabe o que eu penso, papai. Não existe nem Deus nem essa coisa toda, só existem os exploradores e os explorados". Você ouviu isso? Estou prestes a dar o meu último suspiro, e ela se recusa a admitir que Deus existe, nem que fosse apenas para me fazer feliz. Quem visse pensaria que ela nem é minha filha, mas sim a filha de um sacristão armênio, a diabinha! Se você já não consegue pronunciar o nome de Alá, então chame-o de Deus, Dieu, God, chame, chame, chame Deus na sua língua de mula, o seu pai vai entender. Seu pai viu todas as cores do arco-íris, ele é uma mistura de sete idiomas. Diga algo, pelo amor de Deus!..

No entanto, ela sabe quanto isso me machuca. Sabe que sua descrença me faz sofrer (*espete um espinho na minha pele*)... Mas a culpa é minha. A culpa é toda minha... Não consegui ensiná-la a ter fé... Dizem que ter fé é um sinal de entrega, de submissão. A resignação aos desígnios de Deus só facilita as coisas para os outros, segundo ela! Eles são incapazes de apreender a profundidde de se ter força para virar as costas às bênçãos ilusórias do mundo; eles não entendem como você se eleva diante dos outros por meio do desprendimento e atinge a maturidade e a perfeição.

Eles não percebem como é primitivo quando todos procuram a verdade no socialismo. Não querem ser superiores aos outros, querem ser iguais a eles. Mas os seus direitos são mais importantes para eles do que a filosofia. Enquanto mergulhamos em pensamentos profundos, aqueles no topo se tornaram ricos armadores... Aff! Têm prontinha a resposta certa! Quantas vezes falei sobre os ensinamentos de Mevlana para ela? Isso não é algo moralmente nobre e elevado para ser defendido assim. Se você não quer ser como os outros, pelo menos desconsidere os pensamentos comuns. Todo mundo agora é socialista, eu lhe disse. Encontre algo que lhe faça ser sempre superior a todos! Esforce-se pela perfeição! Eu insisti que não bastava um “vocês vão pagar por isso”. Ela é incrivelmente teimosa. Que pena!.. Que grande pena!.. Minha pobre filha, pobre filha! Seja quem for o responsável por isso, que sofra; eu adoraria esganar esse sujeito no Dia do Juízo Final! Se ela tivesse ao menos um pouco de fé, eu poderia acender uma chama em seu coração. É muito inteligente. O médico mediu a cabeça dela quando nasceu e disse que ela seria muito inteligente. Mas de que serve essa inteligência se a deixa infeliz e a desvia do caminho reto? Ela vai se destruir um dia, consumida por essa infelicidade, esse coração palpitante, essa falta de amor, a falta de amor acima de tudo... Vai mergulhar de cabeça na miséria. Dói em mim saber que ela vai sucumbir porque ninguém a ama. Ela mesma me falou, exaltada: "Abomino qualquer benefício que este sistema produz. Nós não vamos deixar você e gente como você escaparem impunes! E, se não formos nós, então nossos descendentes, os filhos deles vão fazer vocês pagarem!". Eles ainda são muito jovens, acham que é fácil. E então, quem pediu que eles pagassem, quem pediu para ser vingado, heim? Para sentir tanto ódio, você deve ter experimentado muita humilhação, não? Esses jovens estão sufocados de raiva, estão cheios de ressentimento (*espinhos na minha pele*) e, quando um homem acumula tanta raiva dentro de si,,, ele morre de raiva!.. Não, não, nós temos que acreditar em Deus. Ele é refúgio, apoio, consolo... Ele não está necessariamente no céu... Eu também expliquei isso a ela, Ele está no seu interior, está em todos os lugares, na terra, no ar, na água e no fogo. Recitei:

Na az khakam na az âbam na az bâdam na az âtish
Na az 'arsham na az farsh na az kunam na az kânam.[5]

5 Versos extraídos da obra *Divan-i Shams-i Tabrizi*, de Jalaluddin Rumi (Mevlana), em persa. "Não sou da terra, nem da água, nem do fogo, nem do ar./ Do empíreo não sou, nem do pó, nem da essência, nem do ser."

“Você é Deus e Deus é cada um de nós”, eu lhe disse. “Eu só quero ser humana, papai”, ela retrucou, caçoando de mim. Não criei minha filha do jeito que eu queria... Trabalhando exaustivamente no mar para garantir o sustento da família, não pude cuidar da minha pequena como devia. Ela acabou ficando nas mãos da mãe, que a ensinou a fazer pão, a bordar e a fazer crochê... São todas umas loucas, elas! Maldição! De manhã ela varre a casa, à tarde ela grita nas praças públicas, à noite vai à taverna beber *rakı*... Se a filosofia e os valores nobres são um privilégio dos ricos... então como é que nós conseguimos, nós, pensar tanto, ter um ideal em meio a guerras, prisões e privações... como? Como? Como, hein?..

Evliya Çelebi, o Viajante, diz:

“De acordo com historiadores versados em astronomia náutica, o mar Negro é uma extensão profunda, de oitenta braças, e sua cor, um vestígio das águas escuras do dilúvio de Noé.” É alimentado pelas águas dos rios Kızılırmak, Yeşilırmak, Sakarya, Çoruh, Dniepre, Dniestre, Volga, Danúbio e muitos outros. Com 2.200 metros de profundidade, enterrou as civilizações mais antigas do mundo. Segundo Spindler, trata-se de uma vasta planície, coberta com um volume de água de 462.565 quilômetros cúbicos. Em algumas partes a água tem gosto amargo, em outras, salgado, e em outras, doce. As cores variam do amarelo ao verde, do azul-marinho ao roxo escuro. À medida que as ondulações dos Alpes se desenvolviam, formou-se uma fenda paralela ao mar, no litoral, entre Hopa e Ordu. O solo é propício para o cultivo de milho, laranja, couve, louro-cereja, avelã e, no extremo leste, para plantações de chá. Com a captura de Constantinopla em 1453 pelo sultão Mehmet Fatih, o Conquistador e fratricida, e com a dominação da supremacia marítima pelo Império Otomano, o mar Negro se tornou um lago turco e, com sucesso, ficou fora dos limites de navios estrangeiros e do comércio exterior. Quase inacreditável.

A Guerra de 93[6]... Após a Guerra de 93 o mar Negro volta a ser o que era. Batumi é anexada a Rússia e os enormes peixes-serra familiarizados com a Rússia por meio do Tratado de Küçük Kaynarca, tornam-se então peixes livres. Segundo a *Kamus ül-Alâm*, o número total de habitantes da sanjaco era de 138.423, dos quais 689 eram gregos. O meu sangue e o dos meus ancestrais também foram misturados com sangue grego? Segundo a Nuriye, nós temos sangue rumeliano, isto é, grego, há mais de quatro gerações. Quando está com raiva, ela chama a Nermin de semente de Despina, mulher do governante Uzun Hasan, também conhecida como Catarina. Era filha de Yuannes. Uzun Hasan pertence à linhagem que se rebelou contra a dinastia dos fratricidas, e dizem que somos dessa linhagem pecaminosa!..

Ah, aí vem o capitão Tahsin... Eu o reconheço pelo jeito de tocar a campainha. Ele a pressiona de tal maneira que parece querer assustar as sentinelas adormecidas no convés. "Qual o problema, mecânico-chefe?", diz ele, entrando tão rápido que não dá tempo para a minha mulher levá-lo à sala de banho. "Bem-vindo, capitão Tahsin, como vai? E o coração, está bem?" "Por enquanto, vou indo, sabe como é... mais um ataque destes e eu também serei um viajante!" "Como assim,

6 Referência à guerra russo-turca que ocorreu nos anos de 1877-78, que corresponde a 1293 (Ano da Hégira no calendário lunar muçulmano).

tem algum viajante que vai partir antes de você?" "Imagina! É só força de expressão", responde ele, envergonhado. O meu genro está de volta. "Não tem jeito mesmo! Nenhum número funciona!", ele disse, limpando o suor da testa, encostado à soleira da porta, local costumeiro da vassoura. "São assim as coisas num sistema como este. Tente ligar para a emergência!", a Nermin acrescentou. "Não tem pressa, a dor já passou", eu insisti com o meu genro; mesmo assim ele correu para o telefone. A Nermin senta no meio da minha cama, toma o meu pulso e conta. Minha mulher pega o capitão Tahsin pelo braço e o leva para lhe mostrar as minhas fezes... "Quanto?", pergunto para a Nermin. "Setenta." Será que está dizendo a verdade?.. Vai saber... será que essas pessoas me amam? O que há por trás de todo esse cuidado e atenção? Não dá para entender o ser humano. Será que ela acha que está pagando uma dívida porque eu a criei da melhor maneira que pude? Ou está tentando provar que estão do lado da classe trabalhadora, ou qualquer outra coisa?.. Setenta é uma boa pulsação, estou com muito sono, talvez tenha havido um engano hoje... Mesmo depois de quarenta e oito horas de vigília, eu ia para o porto, direto para o porto, para Constança... Mas que mulher, he he he! Olhos claros, aquelas bochechas... Quando ela falava era como se um cardume de sáveis estivesse nadando no mar largo, aberto, ondulante, piscando, apertando os olhos, era como um cardume de sáveis que nunca foi apanhado, com barbatanas, escamas e espinhas....

Nermin à sua mãe: "Silêncio, mãe, ele dormiu". Se você me perguntar, eu acho que todos esses jovens são loucos. Se você pegasse esses jovens e lhes desse umas boas palmadas no traseiro, sim, no traseiro, você ia ver como eles iam temer a Deus e ao Profeta... loucos, loucos... Como parte do dote ela levou vasos quebrados, bandejas retorcidas, braseiros antigos, jarras de cobre furadas (*espete espinhos na minha pele*) e até o piano da noiva tártara. Agora ela olha para o piano e diz: "O que gente como nós tem a ver com um piano?", dando risada. Esses objetos todos não passam de vaidade, ela insiste, os nossos sacrifícios não passam de uma vaidade burguesa. Louca? Não, essa não é a palavra certa. Mimada? Não, também não. Ela senta no meu tapete, em todos os meus portos:

Mahangâvur,
Çürüksu,
Kobuleti,
Çingtav,
Lima,
Rio de la Plata,

os olhos dela estão fixos nos meus navios,

Altay,
Adalet,
Kırlangıç,
Hocazade,
Ümran,
Raman,
Hacıoğlu.

De vez em quando ela acaricia a minha mão. Está me observando. Se eu melhorar... Vou arrastá-la... Nem eu mesmo acredito nisso, mas, vou levá-la a um *hoca* para ele soprar nela e benzê-la; vou ter a minha filha de volta, se eu melhorar...

> Em nossa terra tem tuberculose, chuva e ancilóstomo aos montes. Mas não tem sol. De acordo com o nosso médico, o dr. Korkut, a ancilostomíase pode se proliferar onde excrementos humanos frescos são usados como adubo. Possivelmente foi trazida por operários famintos que foram para a Rússia trabalhar em minas e túneis e retornaram. Mas, quando a ancilostomíase foi encontrada nas mansões de Istambul, nas Ilhas, nos distritos de Terapiye e Beykoz, passaram a afirmar que os operários de lá é que tinham trazido a doença da Rússia para Istambul, para onde tinham vindo em busca de trabalho. Deveriam é voltar para a terra deles! Por acaso nós vamos para a terra deles? Cada qual que fique em sua própria casa, em sua própria aldeia. Enfim, o que dizer do petróleo, da calcopirita, do zinco e do manganês explorados pelos genoveses desde 1355? E, como é bem sabido, Vasilaki, Yani Yuvandi e Sirakyoti extraíram quatro mil toneladas de minério antes da Primeira Guerra Mundial. Pois que minerem suas próprias terras e fiquem longe de Istambul!

"Por que você me chamou para vir aqui?", perguntei ao meu irmão capitão. "Eles não nos querem aqui." "Acaso esta terra é dos ancestrais deles?", ele rebateu. "Esta nação pertence a todos nós." E eu me calei. Quem quiser, que volte para a terra dos seus pais, volte à árvore-da-seda, tuberculose, tangerinas, laranjas e, depois da República, aos viveiros e plantações de chá... O petróleo ainda jaz no fundo do mar. Nossa terra é o local que restou dos nossos ancestrais após o governo de quatro sultões. Foi a terra tomada dos genoveses. Daqui, distintos cavalheiros partiram para o comércio com a Crimeia, na época em que as pessoas usavam tecidos finos, peles de zibelina, túnicas ricamente bordadas e coletes. O restante de nós comerciava na costa, usávamos calças chalvar e turbantes de calicô barato. Pescávamos anchovas (são chamadas de *hamsi* porque surgem com o vento *hamsin* ao fim do inverno), salgávamos anchovas e vendíamos anchovas. À época do sultão Murad, éramos nove mil marinheiros do mar Negro... nos nossos dóris, em barcos de todos os tipos, com ou sem destorcedores de âncora, com cascos descobertos, muitos de nós nos afogamos servindo à nossa pátria. Acaso não se pergunta "O que foi? Seus navios afundaram no mar Negro?" para quem está triste? "Ele está delirando", ela diz sobre mim. Quem é que está delirando aqui, por acaso ela não delirou a vida toda? Aquele sujeito com quem ela achou que ia fugir (*dois barcos debandam, Kızıl Paxá comunista*), então aquele outro almofadinha (*Kızıl Paxá, o que eu devo fazer? Me dê botas para calçar*), o tubarão-branco da cara vazia e odienta (*as botas as botas estão no baú*), papai, nós vamos nos casar! Ele era um artista de filme socialista (*o baú o baú foi colocado na sacola*), e então entra esse pé de feijão e se posta no canto feito uma mulher toda enfeitada numa festa... e que tagarela! Era como se a mãe dele tivesse mijado uma poção da fala na garganta dele... "Eu me apaixoneeei pela meeente da sua filha". Que Deus purifique a sua mente! Eu o ouvi e ouvi, aquele tagarela idiota. Ela escolheu esse inútil e, sem pestanejar, o apresentou ao seu pai. Fiquei indignado. Esforcei-me e assisti a um de seus filmes. Ele aparecia vestido de mulher, interpretando uma mulher fogosa que deixa o dono da casa lhe beliscar o traseiro. A gente tem que ser frio e direto como o meu irmão capitão; tive que encontrar palavras sinceras para penetrar em seu coração, tocá-la até o âmago, melancólico e pulsante como quando eu entoava versos do Corão... Foi o discurso mais sábio que já fiz em minha vida:

Minha filha! Quem tem mel na língua também tem um ferrão escondido (*espinho, espinho na minha pele*), escolha alguém que lhe traga emoção, e não alguém que lhe faça rir; seja sensata, mantenha os dois pés no chão, como dizem, (ah, você continua descrente, não é?). Em toda a Istambul, essa cidade gigante que você conhece tão bem, esse lixo de história e tudo mais, essa Istambul, essa Bizâncio, virgem viúva de mil maridos. Para ela eu compus uma melodia no estilo *acemaşiran*:

Submissa como a mulher impura,
Cantos não transpõem sua cultura,
Traidores governam, erguem muros,
Sempre, desde teus dias mais puros.[7]

Então, em toda a Istambul é *esse* o genro que você escolheu trazer para apresentar ao seu pai? Esse cigano almofadinha, esse dançarino esnobe? Às barcas dos seus nobres ancestrais, às espadas dos seus bisavôs, aos casacos de sabre dos seus avós, você apresenta esse dançarino? Seja digna da educação que lhe dei, não me envergonhe, não inutilize os meus esforços, não cuspa no prato em que comeu, minha filha..." Antes mesmo que eu terminasse, ela se virou desafiadoramente e foi embora. E mandou recado através da mãe dela: tinha dezoito anos e podia sair com quem quisesse. É isso. Então, num ímpeto, entrei no quarto dela e disse: "Estou me lixando para os seus dezoito anos! Sua endiabrada!", e lhe dei dois tapas no rosto. "Eu trato você como um verdadeiro oficial da Marinha inglesa e você se comporta como uma garota *laz* vulgar e joga na minha cara um 'ah, eu vou fugir!'" Rasguei tudo que era dela, as blusas, as saias, o casaco. Não conseguindo destruir os sapatos, joguei-os o mais longe que pude pela janela, no jardim, e lá eles ficaram enfiados na neve.

7 Versos do poema "Neblina", de Tevfik Fikret (1867-1915).

Destrocei a casa inteira, dei uma bronca na Nuriye, fui para o meu quarto e cantei a minha canção:

... traidores governam, erguem muros,
Sempre, desde teus dias mais puros.

Ela se trancou no quarto durante vários dias, sem nunca sair, sem falar com ninguém e até sem comer nem beber água. "Estou partindo para o mar", eu disse, mas ela não se despediu de mim. Íamos para Natal. Escrevi-lhe uma carta conciliadora, enviei-lhe um cartão-postal. Quando voltei, abracei-a com força e beijei-a e, daquele dia em diante, foi papaizinho pra cá, papaizinho pra lá... Graças a Deus ela sossegou com esse cretino arrogante e eu não preciso mais me preocupar... "Não o acorde, irmã, eu volto quando ele se sentir melhor", promete o capitão Tahsin e vai embora.

— Para o hospital, imediatamente, e cuidado para não balançar durante o transporte, vão fazer uma transfusão de sangue.

— Me diga a verdade, meu filho, ele corre risco? Não esconda nada de mim.

— Não, não se preocupe. Claro, ele perdeu muito sangue, mas ficará bem.

(Uma ova, que eu ficarei...)

— Ah! O fundamento da minha casa foi destruído! O pilar da minha casa foi derrubado! O meu único companheiro na vida está partindo!

— Por favor, Dona Nuriye, o que ele vai pensar se abrir os olhos e vir a senhora neste estado?

— Vamos colocá-lo no carro. Cuidado para não balançá-lo.

— Espere, espere! Vou trocar o pijama do meu marido adorado.

— Mamãe, não é hora de fazer isso.

— Cuidado para não balançá-lo.

— Está na gaveta do armário, traga o pijama azul dele.

— Mamãe, esquece isso de pijama!

— Não vou deixar que ele vá desse jeito, para todo mundo ver.

— Ah, pelo amor de Deus!

— Você não manda nesta casa!

— Está bem, está bem, troque as roupas dele.

— Claro que vou trocar as roupas dele, com as minhas próprias mãos. Se ele não as usar agora, quando vai poder usar?

Se eu pudesse falar, se pudesse pronunciar uma palavra! Mas minha língua não se mexe. Talvez eu não possa me mexer mais. Queria o meu pijama de flanela listrado da loja Sümer Bank... Eu consigo abrir os olhos, será que esses malditos querem mesmo me arrancar da minha casa? Será que não verei o meu quarto de novo? Aquela rachadura causada pelo terremoto de Adapazarı, as paredes caiadas pelo senhor Hüseyin, e o buraco — quem balança a cabeça para a frente e para trás, essa voz, uma oração, de quem são esses lábios que se movem constantemente, o quarto em que me encontro quando durmo e quando acordo (*espete um espinho na minha pele*): a filha adotada da Dona Hayriye foi pega com o policial, ela o deixou entrar pela sacada e ele a engravidou... Este quarto é o mesmo quarto?.. Essa rachadura... Esse buraco... Este é o olho do meu filho?.. Eu tenho um filho?.. O meu filho, o meu filho loiro, ele não morreu? Este é o meu quarto, a geladeira do outro lado, sobre a cômoda aquela caixa, a lata que, desde os tempos do *Adalet*, eu sempre levei comigo nos navios, é a minha caixa de costura... Um navio... Ah, se eu estivesse num navio agora, uma tesourinha, dois carretéis, eu desenrolo os fios emaranhados quando estou sem sono, na minha cabine...

LES SEULES CIGARETTES
TURQUES AUTHENTIQUES

num lado,

CONSTANTINOPLE
CIGARETTES RÉGIE DES TABACS

no outro,

DES TABACS DE L'EMPIRE OTTOMAN[8]

na parte de dentro da tampa, em letras douradas, e que dourado resistente, nenhum sinal de desgaste após todos esses anos. Naquela época, eu enrolava os meus cigarros de tabaco de Samsun, de tabaco fresco de Samsun. Em Samsun, na área dos Amisos gregos, ele cresce. Tem uma folha de fibra curta. Algumas fibras são como agulhas, alfinetes (*espete um espinho na minha pele*), um carretel de lã branco e um preto, uma lâmina de barbear, botões, o meu macacão rasgou quando eu trabalhava no porão, comprei um novo em Ras Tanura, era o meu filho ou era o meu cavalo marrom malhado Kızbeni? O meu navio com um manto dervixe,

8 Em francês no original, "Os únicos cigarros turcos autênticos"; "Cigarros de tabaco de Constantinopla"; "Tabaco do Império Otomano".

A chave está com o meu senhor
E o que quer o meu senhor?
Quer uma ave de cabeça dourada
Sete montanhas eu cruzei
Sete chaves encontrei
Quem bate à minha porta?
Musa, filho de Halil
Braço curto, perna curta
Dei-lhe um belo empurrão
Ele deu de cara no chão...

REVOLTADO

II

Este ano o verão chegará mais cedo. A névoa leitosa cobrirá o mar e se elevará em direção ao céu. Cada sopro de vento envolverá o cabelo loiro de Pola Negri. De onde virá a tempestade, as águas furiosas, os ventos todos... *kozkavuran, turnagetchen, hamsin, kokolya*? Eles virão sem mim. O verão chegará mais cedo este ano. O azul do mar se cobrirá de branco, mas eu não poderei ver nada disso.

Meu pijama azul, a geladeira — meu genro ainda está plantado diante dela. Comprei-os na América. No *Bakır*. Naquela época, o *Bakır* ainda era um navio de passageiros antes de ser transformado em cargueiro pela companhia de navegação estatal. O nosso *Bakır* foi o primeiro navio turco a navegar em águas norte-americanas depois da guerra. Estou em águas norte-americanas, a *Meyzi* no *dauntaun*[9], deve ter sido em 1900, por aí. Em 1935 uma tempestade no porto de Zonguldak assolou Üsküdar, um estrondo e o céu desabou. Chaminés ruíram, desabaram, caíram, chaminés quebradas encheram o porto; o mar, o navio, tudo ficou repleto de chaminés. Que ano era, 36? Fevereiro de 36 em Zonguldak. De repente, o mar nos agarrou, nos jogou contra o cais em que havíamos atracado, nos soltou e nos golpeou, nos soltou e nos golpeou. O casco vazou, o buraco ficava cada vez maior, os porões e a sala das máquinas foram inundados rapidamente. Braços e pernas começaram a sangrar. O navio ficou preso onde estava. Chaminés, chaminés,

9 Loja de departamentos norte-americana Macy's, no centro da cidade (do inglês, "downtown").

chaminés... Enviamos mergulhadores para selar a ferida com lonas e esteiras de contenção. Por dentro, selaram-no com estopa embebida em óleo. Assim, voltamos para Istambul com o *Kalkavan* a reboque. Entrava água pelo rombo. Ao largo da costa de Ereğli, capital da província de Zonguldak, o sangue escorreu, o mar Negro todo encharcado de sangue... (eu já vira o mar Negro uma vez assim, vermelho escuro, na costa de Trebizonda, onde Suphi se afogou...). O armador disse: "De que salário você está falando? Você encheu o estômago enquanto destruía o meu navio, derrubou a chaminé para vendê-la. Já recebeu a sua parte, cai fora, xô!". A Nermin declarou: "Não devemos deixá-los escapar impunes!".

Foi a bordo do *Bakır* que fui transferido para a companhia de navegação estatal. Quando o Tratado de Sèvres concedeu liberdade irrestrita de movimento no Bósforo, tanto em tempos de guerra quanto em tempos de paz, os gaiados nadaram por ali, as guelras cheias de água da neve, e ficaram presos na costa de Sirkeci... Em Sirkeci, o *Bakır* abastecia de carvão a linha de navegação da cidade, era como um depósito flutuante de carvão. Ficamos presos no porto durante uma tempestade de neve. A dois metros da parede do cais, a apenas dez metros de nós, os atuns estavam congelados. Dava para vê-los flutuando meio metro abaixo da superfície da água... As pessoas estão com fome; se somos humanos, então também estamos com fome... Uma barra de ferro de três metros de comprimento... Lembrei-me dos ancilóstomos novamente. Lixei a ponta do bastão mais fino. Fiz um anzol. Parecia um ancilóstomo. Como fiquei feliz, nunca esquecerei! Desci para o cais e pesquei os atuns com o anzol, um a um... sessenta e quatro ao todo... Enfiei quinze deles em um saco e os carreguei para casa. Curei-os e salguei-os em duas latas grandes de querosene para fazer *lakerda*. Meu irmão, viúvo da tártara do piano, que era capitão do vapor *Kadıköy*, da linha de navegação municipal, estava em casa, de folga... Em seu tosco camisão de dormir, (tinha sido cortado de uma toalha), ele ficou estupefato: "Muito bem, Hasan, como você conseguiu catar tantos peixes, muito bem!". Distribuí o restante para a tripulação, e eles ficaram felizes, felizes... daí fomos para a América, a vida é assim... Alimente seu estômago com o sofrimento do peixe, compre o seu pijama azul-claro de seda da *Meyzi*, bem como a sua geladeira, e leve para casa... eu sempre falo para a minha filha... tentei explicar para ela... em vão. Não se pode simplesmente arrancar as pessoas de suas vidas e dividi-las em direita e esquerda. Você não consegue nada privando-as da vida e descartando como insignificante o que elas experimentaram. A vida é o som da *zurna*, cigarros, o zumbido da geladeira — que barulho é esse? —, o som do *saz* do Orhan Boran[10] ao meio-dia, dores nos rins, bebedeira em Tuzla, casamentos, prisioneiros de guerra... Você não pode fazer isso. Não existe apenas uma maneira correta de pensar; se fosse assim, o homem enlouqueceria. Você assusta as pessoas. Você acredita que não há um muçulmano que sinta falta do som dos sinos das igrejas. Não se pode dividir as pessoas em metades... O que é o homem? Um ser humano, Noé, um georgiano, um mingrélio, um laz, um árabe... eu? Tabriz foi visitada por Marco Polo em 1294 e, trinta anos mais tarde, por Ibn Battuta... Todo ser humano não é um pouco armênio, russo, tártaro, grego? Deus quer que esqueçamos as nossas origens. Os armênios estavam em Arbela. Como sabemos pelos escritos assírios, esses governantes mais antigos não se deixaram subjugar, desde os sumérios. Alguma vez me deixei subjugar?

10 Apresentador de TV e radialista turco (1945-2005).

Não, ninguém pode me imputar isso. Deus quer que esqueçamos nossas origens. Ele não quer que tenhamos nada além de nossa humanidade, nos mistura, nos faz dispersar... Ele permite que percamos nossas raízes... Eu mandei a minha mulher para a nossa terra e me uni a uma guerrilha, será que por isso Deus me amaldiçoou? Os descendentes dos caucasianos, os tártaros, os povos da região do Ponto ficaram todos iguais e já não compreendem sua própria língua. Por terem se submetido ao *Gazi*, esqueceram seus idiomas centenários. A identidade das pessoas deveria ser inscrita em pedra? Entalhada em mármore? Como a do rei Dario, esculpida no penhasco de Ecbátana (atual Hamadan)? A árvore genealógica de cada um não deveria, pelo menos, vir inscrita nas portas de entrada, como nas lápides? Mas casas não perduram, são dilapidadas, destruídas, as pessoas são banidas, espalhadas ao vento, vão daqui para lá. A Mãe Romrom dizia: "Raízes incertas, ramos incertos". Eu deixei uma história em cada porto. Após a guerra russo-turca de 78, entreguei Batumi aos russos. Meu pai era o melhor marinheiro da frota turco-otomana da época, bem à vista na primeira fileira, tal como uma corvina, durante a inspeção do rei da Inglaterra. Antes mesmo da resistência nacional iniciada por Mustafa Kemal, entre os rios Abu e Fırtına, demonstrei heroísmo. Estilhaços de bomba e partes do meu corpo caem do céu; mães lazes carregam munição para matar os infiéis moscovitas. Sob o comando de Kahraman, um capitão da gendarmaria que, como eu, era de Rize, lutei contra um exército inteiro com algumas Mauser e rifles de caça velhos. Na encosta de Taşlıdere, eu estava com um punhado de homens de Rize. Acharam que eu havia morrido, tentando salvar a minha pátria. O comandante da ocupação parou em frente aos cadáveres dos benditos mártires, fez uma saudação e disse: "Bravo! É assim que um soldado que se preze deve morrer... sozinho!". Depois que os mártires caíram, seus bolsos foram revistados e alguns poucos *kuruş*, encontrados; então uma fonte foi construída em Taşlıdere com as seguintes palavras:

Desenhe uma linha, não deixe rastros
escreva dois e três, e um e dois
que o sábio entenda qual é a falha
nós somos as vítimas da pátria
venha aqui à fonte dos mártires,
reze a Fatiha, *ofereça seu cálice*
ao grupo das huris *do Paraíso.*

Vivemos sob a ocupação por meses até que o nosso exército glorioso nos libertou em março de 1917. Vehip Paxá, comandante da Frente Oriental, havia estabelecido seu quartel-general perto do rio Hurşit. Descoberta a fonte, foi destacado o capitão Muhittin Salur (agora general reformado) para estabelecer um governo temporário, de transição democrática em Rize, com a participação do povo (eu fui chamado de "povo"). Isso garantiu a segurança. Nunca esquecerei o discurso radiofônico de Sadık Uluşahin no quadragésimo quinto ano da fundação da República da Turquia (já tínhamos rádio)...

Eu estava no cargueiro *Seferoğlu*, a três mil milhas náuticas de distância das águas domésticas. Dirigíamo-nos a Karlskrona. Eu deixei minha cabine e fui ao convés da popa, a boreste, andei por ali e depois parei debaixo do mastro da bandeira. Observei a água, em meio a qual a hélice rugia, e os inumeráveis tons de verde do mar. Então voltei à cabine e, enquanto fazia minhas anotações no diário de bordo, ouvia aquele discurso no rádio, as lágrimas jorrando dos meus olhos...

Lobotes, lobotes de frágil vitalidade, nadavam na água atrás de mim, briguentos, ágeis. Tempo bom, em todo o percurso, bom, muito bom, céu e água, água e céu... inacreditavelmente lindo... ficamos embasbacados quando vimos aquela loja enorme. Foi com o *Bakır* que fomos para lá...

EM DIREÇÃO AOS CÉUS ASCENDE A HERA,
MINHA CABEÇA NÃO PASSA DE UMA ESFERA.

... e as mulheres atrás da gente tais como peixes-piloto. A Meyzi está repleta de mulheres americanas, indo pra lá e pra cá: Kerolaine, Dóli, Djudi. Me dê esse pijama azul, eu disse, ela o segurou na minha frente, tremendo toda... Frio, há meses não faz tanto frio, não é ? "O que será que ele está dizendo?", perguntavam umas às outras.

Deite-se aos sessenta
enfrente-se aos setenta
pule na água aos oitenta
vista-se com noventa
então nade com cem
novembro cento e cinquenta
então o verão se apresenta...

você não entenderia, mas por que você me veste feito o cadáver de um ímpio? Eu vou ser analisado pelo pessoal do hospital ou por uma pretendente? Saiam daqui! Me larguem! Entreabri os olhos e os vi, fungando... Meus olhos azuis...

Deem uma olhada aqui: um membro daquela raça de pessoas de olhos azuis, pele vermelha e cabelos ruivos com nariz aquilino, que Şemseddin Sami descreve como inteligentes, trabalhadoras e eloquentes, está prestes a morrer... Sem que nada possa ser feito para impedir. O rosto do meu genro enrijeceu, a minha mulher, neta de Sinan Paxá, frustrada por não ter se casado com um adido militar... Por isso que ela sempre foi fria comigo?.. Acho que não... Ela vestiu a calça do meu pijama... Sinan Paxá era obstinado, vingativo e cruel... Faz meses que só como abobrinha fervida, carne de boi e compota de frutas; rodovalho e *rakı* é só para vocês. O médico popular de vocês não ia me curar? Onde está o meu *hamsi* com batatas e verduras? O meu queijo de Rize? O meu flã de uva? Estou indo para o além com fome, com fome... te chamam de filho do povo... e os outros? De quem são filhos? Ela diz na minha cara: "Você é um operário, papai, você tem de aceitar isso ou será um traidor da sua própria classe, papai!..". "Vá embora, saia da minha frente, seria melhor se você não tivesse nascido. *Você* pode até ser operária, mas o meu avô foi chefe tribal, o meu pai foi servo do palácio do sultão, ele era um soldado de alta patente, o avô dele recebeu cem mil *akçe* quando se aposentou..." "E que diferença isso faz? Se o seu patrão o expulsasse, você passaria fome no mesmo dia!" Gritei com ela a plenos pulmões, tão alto que os céus e a terra tremeram: "A morta de fome é você, neta do cruel Sinan, a morta de fome é você! Nada tem valor aos seus olhos? Seus avós se opuseram a Hasan Paxá, eles se rebelaram contra o sultão Mehmet, o Conquistador. Acaso as fortalezas que eles construíram são inúteis? O que você ainda respeita? O que está escrito em seus livros? Você não quer se tornar rica, aproveitar a vida como todo mundo? Ser comunista significa não ter respeito pelos mais velhos e nem por nada, hein? Quem lhe ensinou esses pensamentos degenerados enquanto eu entregava a minha alma aos mares, hein?". A mãe dela veio ver que barulho era aquele. "Quieto, querido marido, quieto, pelo amor de Deus, os vizinhos podem ouvir e aí vamos passar vergonha." "Passe vergonha! Desaponte a mulher do adido militar, foi você que fez a nossa filha assim, ela diz ao próprio pai: 'Você é um operário.' Operário. É *ela* quem é operária!.." "Não fique tão agitado, eu falo com ela, ainda é só uma criança. Ela só repete o que os outros falam. Não a leve tão a sério..." As sobrancelhas dela sobem e descem — ela faz isso quando está nervosa. Eu começo a cutucar o nariz e olho para ela. Eu também, quando estou nervoso, cutuco meu nariz ou minha orelha, isso a deixa zangada. Deixe-a ficar bem zangada... veja a educação que ela deu para a minha filha! Para que eu mandei essa menina estudar, para ela responder para o pai, para desprezar o pai?.. Ela o despreza. Eles vêm me visitar, perguntam como estou e tudo o mais, não coma isto, coma aquilo, e mais, vão direto para o partido, ou a outro lugar para fazer alguma merda. Ei, se o socialismo de vocês não deixa tempo para o seu velho pai, então quero que o socialismo vá à merda! Fazer isso ao próprio pai, aquele que a criou tendo que se rebaixar a inúmeros crápulas? Ela pôs um lenço branco, limpinho, no meu colo. Eu enfiei o dedo o máximo que pude no meu nariz pontudo. "Hasan, eu te imploro, não cutuque o nariz!", as sobrancelhas dela quase tocam a linha do cabelo. "E por que eu deveria tirar o dedo do nariz, última neta do respeitável Ferhat?", eu perguntei. Minha mulher sofre com o fato de a árvore genealógica dessa família estar a ponto de ser extinta. "Vocês querem também cutucar o meu nariz? Ou vocês acham que somente a classe trabalhadora cutuca o nariz, hein? Vá à merda com seus conselhos!" Ela ficou possessa com essas palavras. Enlouquecida, ela gritou: "Ó Senhor Altíssimo, dá-me paciência para aguentar a maldade desse homem!", e disparou para fora do quarto. "Nermin, Nermin! Venha imediatamente aqui!", ela rugiu. Vai descontar a raiva na pobre menina. Quando ela bate, bate mesmo. "O que você aprontou de novo, sua vadia?" A garota soltou um grito. "Por que é que vocês dois me fazem sofrer? Primeiro este louco aqui, depois você, sua vadia. Sempre com essa conversa de classe, como se fosse um papagaio infiel. Se não gosta da gente, saia daqui, corra para junto da sua turma e vire uma nova-rica, semente de Despina!.. Sua degenerada!.." Minha filha! Jogo para cima o meu lenço e fico em pé; com uma mão ela puxa o cabelo da garota e com a outra bate na sua cara... "Sua cigana grega, você ousa acusar a minha família de ímpia!!.." Dei-lhe um tapa com todas as forças que ainda tinha. "Socorro! Socorro!", ela gritou, correu para o outro aposento e se trancou. A Nermin não para de soluçar, eu não consigo soltar minhas mãos: "Por favor, papai, me ouça, não se recuse, você tem de ir para o hospital, você precisa melhorar...". O supercílio dela tinha aberto e ela salpicava água no rosto. "A culpa é minha! A culpa é minha, mamãe! A minha mãe foi espancada por minha causa, mamãe!.. Foi pura burrice minha, eu devia ter impedido, mamãe, mamãe!" Elas soluçavam. Consegui soltar as mãos. "Não fique assim! Pare de chorar. Não vou para o hospital, vou morrer nesta casa, aqui no seu colo. Está saindo sangue do seu supercílio? Por que está escondendo o rosto com o cabelo? Por que está chorando desse jeito? Eu nunca vi você chorar desse jeito. Eu não aguento ver você assim. É melhor morrer, mas na minha própria casa, nos seus braços, no seu colo, neste quarto, neste porto, nestas águas, me ajudem a levantar! Isto não é um tapete, isto é o mar. Lá está o porto de Poti. Não andem sobre ele. Tapem o buraco. Joguem o gato para fora para que não olhe, para que não pule na minha cama. Eu não disse? Mas veja o que aconteceu com você. Você não se importa com nada. 'Deixe que eles digam o que quiserem!', você sempre repete: 'Deixe que eles digam o que quiserem!'. E o que eles disseram sobre você, aqueles filhos da puta que se reuniram ao seu redor. Você sabe o que meus compatriotas me disseram? Está bem, não chore, deixa para lá. Eles diziam: 'A sua filha, pelo visto, pertence a esse grupo de *comonistas*'. Como é doloroso para um pai, eu já lhe disse isso, antes de estar nesse leito de morte. Você dizia: 'Não podem me intimidar. Não me envolvo numa coisa dessas. Tenho outros objetivos!'. E você atingiu os seus objetivos? Não chore, não chore, me diga pelo menos se você atingiu os seus objetivos! Se sim, posso morrer em paz, eu esperei tanto, tanto por isso... e que lhe importa o que eu sofri? O filho de alguém estuda na Suíça? Deixa estudar! Dizem que ele torrou milhares de liras no jogo numa noite. Pois deixa torrar! Faz anos que ela me enfrenta porque quer saber a verdade, mas que verdade? Ela quer saber onde está a culpa, eu lhe ensinei boas coisas, o *oud*, a melodia lenta de ritmo *düyek* daquele compositor magricela, Medenî Aziz, que eu tantas vezes cantei com a minha cunhada tártara:

Em pedaços você parte meu pobre coração
Me deixe, porque do destino não há salvação..."

Que Deus tome Medenî Aziz, que está enterrado no cemitério de Çürüklük, em sua graça. Nós enterramos o meu irmão, o capitão, em Eyüp, junto da nossa mãe. Estávamos ressentidos um com o outro. A data? Quando morreu meu irmão, que estava tão chateado comigo?.. E tudo isso por causa dos bolcheviques... eu não suporto esses bolcheviques. Não porque eles mataram o Enver, aquele Enver teimoso com suas ideias fixas. Uma vez eu usei um chapéu igual ao do Enver, nosso esperto mar Negro queria degluti-lo antes de devolvê-lo à costa. O mar não queria que ele o cruzasse para carregar os bolcheviques, ele não deveria desembainhar o sabre afegão, não deveria montar o seu cavalo branco, ele não deveria enfrentar os bolcheviques, ele não deveria ser crivado de balas de metralhadoras. Mas não… ele queria ir; a ele tinha sido profetizado: "Ó você! Você vai comandar um exército, vai derrotar todos os inimigos, e vai usar uma coroa…"

Não confie nas coroas nem no brilho do mundo enganador,
o vento do outono soprou para longe o chapéu de muitos sultões.[11]

… nós usamos diversos tipos de chapéu, o *börk* de feltro dos janízaros, o lindo *serpuşu*, o fez, o colbaque, o de borlas. E por que eu não gosto dos bolcheviques? Porque eu estava em Novorossisk, a data exata eu não sei; deve ter sido no ano de 1919 ou 1920, quando festejavam a vitória do bolchevismo em 1º de maio. O nosso povo já festejava o 1º de maio sob a égide de Atatürk. Estávamos no vapor *Sulh* em Novorossisk, garotas vermelhas vinham conversar conosco em troicas azuis e, marchando ao nosso lado, cantavam canções: "Somos operárias, somos as queridinhas dos operários". Durante a Primeira Guerra elas foram até Giresun, direto para os nossos braços. Vodca, caviar, a dança dos cossacos, a balalaica, foi quando eu fui ferido, destroços voando pelos ares, copeques, moedas de prata, *manat*, mas onde está a culpa? Ela é minha filha? O que ela está esperando aqui? Está sentada diante de mim, à espera da verdade, da confissão da culpa… Meu irmão levava Mustafa Suphi para Sinop, a bordo do *Bahricedit*. Ele ofereceu um cigarro a Suphi, que devia ter entre quarenta e quarenta e cinco anos de idade e fumava um cachimbo francês. Ele usava uma gravata e óculos, era magricela, um sujeito esquisito, brincava com o bigode. Como ficou comum esse tipo de bigode hoje em dia. Antes mesmo do nascimento

11 Versos do poeta otomano Bâkî (1526-1600).

da Nermin, eu já conhecia o Osvobojdénie Truda,[12] o mar Negro, o colbaque de Atatürk e a vodca Gromky... Por que eu sou o traidor? Por que estou traindo a minha classe agora?.. Esses termos são novos e estranhos para mim... nos velhos tempos, os poderosos é que eram os traidores, nós não tínhamos nada a ver com a traição... e agora? Agora todos são traidores, todos são delatores. Nos seus últimos dias, meu irmão Ahmet tornou-se obsessivo, ele não parava de perguntar: "Quem matou Suphi, quem matou Suphi?..".

12 Em russo, Grupo Emancipação do Trabalho, primeira organização marxista russa.

CAPITÃO AHMET

III

O sol lança seus raios sobre a cabine do capitão Ahmet e reflete nos joelhos, nos cotovelos e nas costas de seu uniforme roxo. O vapor *Kadıköy* — do capitão Ahmet, um homem de boa aparência, corpulento, na casa dos quarenta anos, rosto vermelho, grandes olhos azuis e um nariz enorme, que sempre tinha algo para contar a quem estava ao seu redor e que sempre provocava gargalhadas em seus ouvintes — se afastava lentamente do cais. Quando a popa redonda do navio abalroou um pouco a parede do cais, o capitão Ahmet percebeu um ruído estranho. "Oh, não! Danifiquei meu navio", foi o que, de imediato, lhe passou pela cabeça. Então ele direcionou o olhar furioso para o general que o encarava.

General:

— Eu preferia não ter que lhe dizer, mas sua manobra falhou, capitão; sibilou o velho, as mãos como um megafone, na direção das hélices. E, apesar de estar à paisana, ele ergueu a mão à testa e bateu continência para o navio. A partir da popa, a água girou e espumou na direção do general. O navio faz a rota Kadıköy–Kınalı–Burgaz–Heybeli–Büyükada. E então Büyükada–Heybeli–Burgaz–Kınalı–Ponte de Gálata. "Sefer, ei, Sefer!", gritou o capitão para o timoneiro. "Às ordens, meu capitão!", disse Sefer, sem demonstrar perturbação, os olhos fixos nas águas que corriam. "Você não ouviu nada sobre isso? Diga a verdade."
"Nada, meu capitão, juro por Deus", respondeu Sefer.
"Conversa fiada, que merda", exclamou o capitão Ahmet, olhando para a água prateada diante do navio. "Vamos, me dê esse leme e vá lá embaixo perguntar a cada um da tripulação quem era Suphi e quem o matou." Sefer largou

o leme em silêncio e, descendo os degraus, de dois em dois, chegou à cabine e disse: "Me dá um café com açúcar".

Quem gostaria de ver sua mulher, sua filha com uma pá na mão, carregando carvão nos navios do porto? Quem gostaria de ver a filha entre as tantas jovens no dia 1º de maio, desfilando sob a bandeira içada junto à troica, entre as operárias Tamara, Dunyachka, Manuchka, Netochka? Não pise no tapete!

Comece em Batumi
Mahangâvur
Çürüksu
Kobuleti
Şefketil
Güngület
Poti
Çamçıra

Exército de trabalhadores ateus... Sim, Deus quer que esqueçamos a nossa origem, a nossa essência, os nossos olhos puxados, a maçã do rosto proeminente, a pele amarela, vermelha, verde, os altos e os loiros, os baixos e os escuros, sim, que esqueçamos e que sejamos um só. Deus nos atormenta para nos fazer esquecer, só Ele pode acusar uma pessoa, só Ele pode julgar por perfídia. Agora vêm aqueles arrogantes estúpidos que se postam na tua frente e te acusam de traição... Sem religião não dá, dizia o meu respeitável tio Hacı Mahmut, o imã do *Turgut Reis*. Naquela época, sempre havia um pregador e líder de oração no exército. Ainda que nem todo turco seja como Atatürk... Com um *smituésson* na cintura e uma *brouning* no ombro, levamos um dos imortais, o nosso Recep, o Errante, desde a costa de Sakarya até o seu túmulo e vendemos a sua espingarda Nagant. Uma bala me acertou quando o Kızbeni, o meu pangaré malhado de olhos cor de âmbar, me derrubou. "Belas Paisagens":

Cutáissi

Gudauta

Bacında

Keçiler

Veysula

Tuapse

Sóchi

Segundo o historiador Ahmet, o meu respeitável tio Ömer era o falcoeiro do nosso padixá — quando deve ter sido isso? E ele tinha o costume de fingir beber vinho, mas não bebia, derramava-o no chão. Isso deve ter sido em 1914. Zigana é uma passagem montanhosa, América é um continente...

Kabardinka

Sogucak

Novorossisk

Anapa

Já passamos da metade? Meu irmão mais velho, o capitão Ahmet, está no Grupo MM.[13] Com vigor, ele se virou para o general: por que vocês enforcaram o Ziya Hurşit? Por que vocês forçaram Topal Osman a executar Ali Şükrü? Por que é que, enquanto os respeitáveis senhores, os grandes proprietários de terras, permaneciam livres, os otomanos apressaram-se a atacar os soldados turcos republicanos, o povo contra o povo? Quem matou Suphi?

Şıngılık

Plavşanka

Querche

13 Müsellah Müdafaa-i Milliye, grupo de Defesa Nacional; organização secreta fundada em Istambul durante a Guerra de Libertação (1919-23).

Mariupol

Teodósia

Vocês deixaram o primeiro-ministro Rauf Orbay descer e quem aceitaram a bordo do navio?

Koz

Otuz

Sloska

Maldito seja ele! Devia estar coxo e gordo! Se não foi você quem fez isso, então quem foi? Foi Latife Hanim, foi a esposa de Atatürk por acaso?

Aya

Bahçekale

Sebastopol

Kherson

Odessa

— O que Suphi fez a vocês que tiveram que matá-lo?

— Foram vocês, homens do mar Negro, que o mataram — disse o general, acusativo.

— Se ele tivesse fugido pelo leste, todos teriam culpado os curdos.

— Sim, como se eu não soubesse. Se eu tivesse ido ao Parlamento, vocês teriam me matado também.

— E ninguém garante que não foram os bolcheviques que o mataram.

Deram risada.

— Nenhum capitão jamais entrou no Parlamento. Não recuse minha oferta.

— Tenho que partir com meu navio. Uma carga pesada. Olhe para a minha calça, olhe esta calça de uniforme molambenta. Eu cuido da esposa e da filha do meu irmão. Quando o libertaram do campo de prisioneiros, por dois anos ele não conseguiu nenhum trabalho. Agora ele não faz outra coisa a não ser correr atrás da mulherada. Ele não se importa com a família. Vamos, caia fora do meu navio!

Mesmo que o general não tivesse chegado a enrubescer, seu rosto corou de leve e ele saiu do navio. Naquela noite, eu e meu irmão nos encontramos; barrando a minha passagem, ele me perguntou:

— Seja sincero. Foi você que matou Suphi?

— Você não está com a cabeça no lugar. Na época, tente se lembrar, eu não era prisioneiro no campo?

— Chega de falar desse campo. É sempre a mesma desculpa. Me diga a verdade.

— Agora me ouça! Você perdeu o juízo? Muitos morreram. A Mãe Romrom, o meu pai, a minha mãe, o meu filho. O que me importa o seu Suphi? É muito provável que a consciência nacional coletiva o tenha matado.

— Isto é mentira! Mentira! Não existe essa coisa de consciência nacional coletiva, como é que ela pode ter matado Suphi? Eu só preciso de um, um homem culpado, para me vingar.

— Por acaso não salvei cinquenta e três pessoas a bordo do navio *Sezainur*? O que é o Suphi para você, me diga?!

— Eu o conheci, eu o tinha trazido a Sinop no *Bahricedit*, tomamos sopa de couve com banha, bebemos *rakı*. Ele era a menina dos olhos da grande classe operária. Uma pessoa o matou, somente uma, e essa pessoa foi você!

— Vá pro inferno, seu louco varrido!

Com uma colher de pau ele bateu na minha cabeça:

— Sai da minha casa, seu traidor! Que os meus olhos nunca mais vejam você!

Ele cuidou da minha mulher e da minha filha até morrer. Passei um ano no mar, em Constança, lá no cais o asfalto está quente porque estou apaixonado por Polanegri, que remédio? Eu a amo. Gritei: “Pola!”.

Na margem du riacho cê é uma garrafa qui brilha
sei que gente não se comi, mas você é uma maravilha!

Ela está usando uma camisola feita de tule, entrelaçada com fios de ouro amarelo brilhante. Fala um pouco de turco e, com olhos cintilantes, pergunta: *eu karrafa*?

O meu irmão, o capitão, estava atracando em Heybeliada quando se sentiu mal. Com medo da morte, acorreu o mais rápido que pôde para o convés para tomar ar. Tropeçando nas franjas que pendiam da calça, e que se enrolaram nas pernas, ele disse a Mevlût, seu taifeiro de vinte anos de idade: "Filho, aqui podemos passar sem você, eu varro o chão com o meu uniforme oficial, você pode ir, e descubra quem matou Suphi". Sefer conduziu o navio com segurança até o cais de Heybeliada. Procuraram um médico na ilha, mas não encontraram. Um passageiro se pronunciou: "Sou estudante de medicina, deixe comigo". Ele tomou o pulso do meu irmão capitão e declarou: "Está morto!".

MUSTAFA SUPHI

IV

Em seu *Anábase*, Xenofonte fala da jornada de um exército grego — terá sido no século VIII a.C.? Os soldados vieram a pé da Babilônia. Suor, suor enlameado de medo e morte macerava os dedos dos pés dos guerreiros. Esse exército marchou desde a Babilônia carregando espadas. Os soldados gregos portavam espadas, mas, à medida que caminhavam, devem ter se livrado delas, lançando-as em rochas e enterrando-as quando se partiam, já que a terra cobre tudo. Os soldados gregos arrastavam as pernas com dificuldade. As solas dos pés machucados sangravam? Eles vieram de muito longe, do interior do país, deslizando pelos estreitos caminhos nas encostas, atravessaram estepes poeirentas e escaparam dos ventos e do calor ardente dos vales. De repente, em uma das curvas do mundo, uma luz azul intensa, um brilho estrídulo encheu seus olhos. Os soldados gregos, vindos lá da Babilônia, subiram nos altiplanos de granito e gritaram a plenos pulmões: "O mar! O mar!", ao avistar o mar Negro. Será que naquele ano, antes de Cristo, o verão chegou mais cedo no mar Negro?

Em 1920 as frotas das forças de ocupação jaziam ancoradas em três fileiras entre Tophane e Ortaköy. Além do mais, havia tanta neblina no Bósforo que não dava para enxergar nem a água. O tráfego estava muito difícil. Os navios que queriam atracar no píer em frente a Gálata só com extrema dificuldade conseguiam se aproximar da costa de Ortaköy, onde havia uma *yalı* ao lado da outra. A vida era muito dura naquela época. Mas mesmo assim havia muitos compatriotas ricos: armadores que garantiam trabalho aos barcos e às suas tripulações. Havia os herdeiros do que sobrou das terras do padixá. Um governo popular ainda não tinha sido formado, o povo ainda não era o chefe do governo. Três anos depois, em 1923, a república foi proclamada e, com ela, o Estado nacional que deveria libertar o povo.

Uma noite eu parti para Çanakkale a bordo do navio *Havran*, cujos donos eram o respeitável Sezai de Edremit e Kara Vasıf Paxá. Carregamos os passageiros e suas bagagens e também o carvão da barcaça ancorada em frente a Salıpazarı. O chamado à oração da noite ecoou nostalgicamente pelos conveses da frota de ocupação e em meio ao nevoeiro. O *SS Havran* navegava a 7,5 nós por hora. Não tinha servomotor, era controlado manualmente. Estávamos tentando ultrapassar os navios ancorados. Izzet era o nosso capitão, aquele mesmo que, anos depois, na tragédia de Refah,[14] foi torpedeado ao largo de Chipre, afundou em mar aberto e morreu, junto com os especialistas em submarinos. A chamada para a oração cessou. O capitão İzzet começou a rezar. Estou na sala de máquinas. Tentamos ultrapassar um encouraçado francês. Houve um solavanco e o aríete, que está na frente do navio de guerra sob a superfície da água, ao passar, perfura o costado do nosso navio e fica preso no eixo da hélice do *Havran*. Gritamos. A água começou a se infiltrar pela rachadura. A corrente puxou a proa do nosso navio e acabamos ao lado do navio de guerra. O capitão İzzet interrompeu sua prece, dizendo: “Perdoe-me, ó Deus!”, e, nesse momento, a correnteza nos soltou do aríete e começamos a afundar. Não vai demorar muito para afundarmos, de quinze a vinte minutos, um piscar de olhos. Os passageiros de Çanakkale, crianças, mulheres e homens, esquecem suas malas e cestas, perdem seus cobertores remendados e

14 Fato acontecido em 23 de junho de 1941.

gritam na neblina. Ninguém quer morrer. Com grande esforço e a ajuda considerável do contramestre Tahsin, eu consigo salvar cinquenta e três pessoas. Eu as icei a bordo do encouraçado francês. O quinquagésimo quarto. É a vez dele. Um homem que deve ter entre quarenta e quarenta e cinco anos, macilento, de óculos e gravata, um olhar exausto e um cigarro entre os lábios. Já havíamos cruzado olhares antes, no convés. É a vez dele. Espera ansiosamente, me chama gesticulando para cima e para baixo. Será que é Suphi? O navio prestes a afundar e eu poderia ter afundado com o quinquagésimo quarto. Já estou totalmente sem fôlego, olho para ele, um homem com um cigarro na boca, camisa branca, gritando a plenos pulmões para mim, olhando e correndo para lá e para cá, agitando as mãos para mim, depois para a neblina e então para as forças de ocupação e logo para alguém de quem já não me recordo. Aí ele se afoga junto com os outros quinze passageiros que ficaram no navio. Eu fico olhando enquanto ele é engolido pela água, afundando e se afogando, afundando e se afogando... Esta é outra das razões pelas quais tudo que tenho vivido, desde então, é apenas um adiamento. Sempre que recordo aquele dia, penso no homem cuja gravata parecia estar pendurada no nevoeiro. Aquela gravata no fundo do mar Negro. Também penso no meu irmão mais velho, o capitão Ahmet, que não parava de perguntar: "Quem assassinou Mustafa Suphi? Quem matou Suphi?"

Os franceses retiraram um barco a remo do navio de guerra. Entre as pranchas, destroços e bagagens que a correnteza levava na direção de Sarayburnu, eles encontraram o capitão İzzet, agarrado à escotilha. Ele tinha sobrevivido à oração vespertina. Ele viverá até se afogar na tragédia do Refah.

O quinquagésimo quarto não sobreviveu. Eu que salvei cinquenta e três, me pergunto se a morte de um só, a morte de Suphi, me faz culpado... um traidor?

A Nermin considera muitas coisas como traição. As pessoas incham, sua pele estica e elas morrem. Eu... Sim, eu não vou abandonar a minha casa e a minha família e me lançar nos braços de Polanegri. Foi então que concebi a minha filosofia de vida. Ela mudou. E, é óbvio, depois do incêndio em Fatih, eu havia adotado uma filosofia de vida que mudava constantemente. Desde o incêndio, sempre levo comigo as coisas de valor. Mas desta vez meu dinheiro, minhas lembranças e o que eu estava vestindo foram engolidos pelas massas de água. A que devemos nos agarrar, a qual escotilha de carga se agarrar? Junto com Kara Vasıf Paxá... Deveres nacionais, seja útil à pátria, pilote o rebocador *İhsan-i Hüda* para transportar armas e munições para o Grupo MM. Minha fonte na encosta de İkizdere não havia secado quando o meu cavalo malhado Kızbeni foi atingido por uma bala...

Eeeeh! então, eu não tinha falado da Negripola? Para ser sincero, eu estava louco por aquela mulher, se eu não tivesse filhos, teria ficado com ela em vez de voltar para uma mulher de luto pelo filho loiro que morreu... E o que será de mim agora, depois de sofrer tanto? Como eles vão se lembrar de mim e quem vai fazer isso? Quem sabe o que eu vivi? A Nermin e seus cúmplices farão do mundo um lugar melhor. Pelo menos a ideia sobreviverá. He, he, he!.., Bem, uma lembrança honrosa. Quem vai manter você na lembrança?.. Quem conhece a Dona Nermin?.. Essas criaturas acusaram até o Lênin de traição, o Lênin que vocês idolatram!.. O mundo precisa de culpados... Se eu pudesse voltar a falar, lhe perguntaria:

"Deus quer que esqueçamos as nossas origens?", se eu pudesse voltar a falar eu diria "Nermin, vamos, minha filha, não chore, não chore por favor, Deus criou as pessoas assim, de olhos puxados, vermelhas, cor-de-rosa, altas, insensíveis, tal como uma água-viva que, quando atinge o casco de um navio, o perfura..." Em 1917, quando estávamos em Arkhangelsk, perguntaram ao Lênin: "Você faz acordos com o inimigo, como assim? Viaja no trem deles e deixa que façam cerimônias em sua homenagem. Aonde quer chegar com toda essa pompa? Haverá outro mujique como você na estepe russa? Você, na verdade, é um espião". Diziam: já que Lênin era um homem tão poderoso, por que ele não atacou Ancara? Foi você que assassinou Suphi? Suphi, a menina dos olhos da grande classe operária. Ou ele foi morto para que Lênin pudesse ser adorado? Ou será que, tal como disse Ahmet Cevat, ele não sabia a primeira coisa sobre o *comonismo*?

É possível que ele não soubesse, então ele gritava:

"Ó mundo, ó trabalhadores que construíram o mundo! Ó povos do mundo islâmico, que foram escravizados e oprimidos por séculos! Ó irmãos oprimidos do Egito, do Irã, da Índia e do Turquestão, condenados a estar sob o jugo estrangeiro! Libertem-se das trevas tiranas que compram suas almas! Sigam o caminho da fraternidade e unidade internacionais! Ó trabalhadores muçulmanos de todo o mundo! Companheiros muçulmanos que foram esmagados sob os punhos estrangeiros!

Unam-se contra os que PENSAM QUE BONDADE SE RESUME A DAR ESMOLA AOS NECESSITADOS!"

Novamente é aquele Ahmet Cevat que disse: "O exemplo mais óbvio da crueldade da classe burguesa e burocrática da Turquia é a tragédia dos quinze comunistas que foram abatidos da forma mais cruel, a baioneta, e lançados ao mar em frente a Trebizonda: Mustafa Suphi e sua mulher, Hakkı filho de Hilmi, Ethem Nejat, Kâzım Ali, Şefik, artilheiro Hakkı, Ahmet, Yakup, Çitoğlu Nazmi, Sürmeneli, Kınalıoğlu, aviador Hilmi, circassiano İsmail, árabe İsmail". Foram as primeiras vítimas entre os comunistas turcos e, por gratidão aos amigos mortos de forma tão brutal, 28 e 29 de janeiro foram declarados dias de luto. O que meu irmão poderia ter feito contra os assassinos de Suphi? Ele, que estava no Grupo MM? Há muito tempo ele afirmou que o próprio Suphi disse... Foi ele ou foi outra pessoa? Será que invento tudo isso? A morte está ao meu encalço! Meu irmão mais velho afirma tê-lo levado a Sinop no *Bahri Cedit* em 1913, para a fortaleza de Sinop, e para o exílio...

De lá, Suphi conseguiu escapar, pelo mar Negro, em um pequeno barco que o levou para Ialta, seu novo exílio. Meu navio está afundando no mar Negro. Eu tiro cinquenta e três passageiros do mar e os levo para o navio de guerra francês. Então é a vez do quinquagésimo quarto... Eu também poderia afundar com o quinquagésimo quarto. Pergunte ao grupo Muhafazayı Mukaddesatçı, esses "guardiões do sultão e do califado". Pergunte aos artesãos, aos lojistas e afins, aos comerciantes judeus, aos *hocas* e advogados, aos senhores, aos senhores respeitáveis, aos oficiais, ao paxá, à polícia ou aos armadores...

E vocês estão me chamando de traidor? De culpado? Papai, você está entre os que traíram a própria classe! Diga: quem consegue levar toda uma vida sem nunca se sujar de lama? Você, por acaso? O seu povo? Ninguém vai lhe dar uma medalha, aproveite e se divirta, você não conseguirá consertar o mundo. Não quero que você passe por tudo o que passei, não quero que essas pessoas agitem seus chicotes e cintos na sua frente. Eu teria me vingado deles, mas você não deixou. Eu queria que você usasse peles e diamantes, tirasse esse macacão de trabalho... Olhe para o seu pai, jamais me deram uma medalha, você me chamou de traidor, até você... eu... que sabia como operar uma máquina chamada *indiquêitor*? Que podia ler o diagrama de circuito deste dispositivo e entender como ele funcionava, eu... Eu, o único maquinista que só pelo som do motor identificava um defeito ou o bom funcionamento... Quem se importa hoje? Quando eu era prisioneiro de campo o meu irmão mais velho, o capitão, cuidava da minha esposa, da minha mariposa, da minha raposa, da minha latosa, ah, se eu pudesse ir para o oceano de Rodes, agora, antes de morrer, se eu pudesse me lançar a bordo do navio de Hazım Peynircioğlu de Yozgat, o *Hacıoğlu*, que ele administrava junto com o senador Ekmekçioğlu. Eu não iria longe. Meus olhos murcharam por já não poder ver o mar, por ver somente o céu e as árvores-da-seda. Quero ir lá novamente, onde se encontra o pedestal de uma das sete maravilhas do mundo, que já esteve elevada acima do porto. Sinto que eu, ou melhor, que nós somos uma das maravilhas do mundo. Sim, eu, mas quem vai saber? Esta é a nossa dor, a minha dor, a dor de quem vive como eu. O que será de nós? Vivemos tudo isso por nada? Será como se nunca tivéssemos vivido? No entanto, algo deve permanecer; não importa o que aconteça, dizemos "tudo o que acontece, acontece por um motivo", mas, quando chega ao fim, nos perguntamos: durante todos esses anos, foi em vão que tivéssemos carregado nos ombros esses navios?

Recentemente perguntei à Nermin: "Me diga: Deus existe?". É bem verdade que daqui a pouco vou descobrir se existe ou não, mas eu queria testar a minha filha novamente antes de partir para o além. Ou já fui mandado embora?..

Não. As batidas neste lugar ainda não cessaram. Este é o cheiro do meu quarto, o buraco no teto... Quem é? Foi o gato que subiu na minha barriga? São os meus batimentos? Ou é o zunido da geladeira?..

Falei com a Nermin sobre a nossa filosofia de vida... Contei que eu sabia quem matou Suphi: foi o Acordo Anglo-Russo, um pouco também a liga das nações Greco-Americanas, enfim, toda a humanidade. Deus quer que esqueçamos totalmente as nossas origens e que só tenhamos consciência da nossa humanidade, senão nos castiga batendo no ponto mais sensível. O que esse sujeito esquisito, esse Suphi, esse Suphi de óculos, gravata, de olhar exausto, tem a ver comigo? Deixe-me declarar algo: por mais que você lute, a vontade de Deus sempre será feita. Sim, o que o seu Marx e o seu *Enjels* pregam vai acontecer. É como diz o ditado: "galo que canta fora de hora tem a cabeça cortada", e com isso me refiro à cabeça de Suphi!.. Eles me humilham, não me respeitam, nunca me respeitaram. Tudo acontece no momento certo. Sim, é assim mesmo. Está bem, eu disse. Tal como você quer, eu vou votar nas próximas eleições! Levantei-me, apoiando-me na bengala do meu avô, com incrustações na empunhadura — que mãos a terão tocado, a que lugares terá ido? Em seguida, eles trancaram a mim e a bengala em um quarto. Ei! Procurei e procurei; cavalos, bois, vacas... onde estão os operários? "Vote em você mesmo, papai! Você é um trabalhador!", disse a minha filha. *Trabalhador* é uma palavra refinada para um operário, onde estão os operários? Vou votar em mim mesmo, em mim mesmo, onde eu estou? Bateram à porta, tum, tum, tum:

— Eu lhe peço, meu senhor, estamos esperando. O que o senhor está fazendo há tanto tempo? — perguntou a voz de um jovem.

— Esperem só mais um pouco, já estou saindo.

— Saia agora mesmo, o que faz aí dentro?

— O que poderia estar fazendo? Estou à minha procura. Procurando a minha fotografia.

— Que fotografia?

— A fotografia de um operário, é claro. Não há ninguém nessas fotografias que se pareça comigo.

Se fosse a foto de um peixe, a foto de um navio ou de um loureiro, é claro que eu teria reconhecido... Que tipo de pessoa eu sou?.. Tentei imaginar como fiquei depois da reforma do vestuário:[15] um chapéu de feltro na cabeça; uma camisa branca da América, do tipo que não precisa passar; gravata da marca Maro Creation; os sapatos são de fabricação nacional, e porque os meus pés estão inchados, não cabem mais, então eu piso na borda do calcanhar. Meu pomo de adão está para fora, minhas costelas se destacam claramente, meu estômago está tenso como o corpo grosso e redondo de um *kemençe*. O *kemençe*, nome dado ao primeiro violino de peito, cuja mãe é o violino, foi apresentado por Nabi na corte de Istambul. Ele disse: "O *kemençe* harmoniza no peito de Kemânî Yorgi". Também sei tocá-lo, esse instrumento que é parecido com os

15 Uma das diversas reformas promovidas por Atatürk nos primeiros anos da república turca.

violinos europeus de três ou quatro cordas e que chegou ao mar Negro com os genoveses da Europa Ocidental... *kemençe,* é assim que são chamados na Ásia. Nós o descobrimos inchado, flutuando de barriga para cima no mar Negro. Os gregos anatolianos o chamam de *lyra*, os italianos, *lira*; o *horon* é na verdade chamado de *khoron* e é uma dança que veio da Crimeia e foi adotada pelos caucasianos, migrelianos e gregos anatolianos. De onde vem essa dança e o *kemençe*, é daí que viemos, e Deus quer que esqueçamos... ele escalou uma rocha de granito, uma luz forte o cegou. Ele tinha visto o espelho d'água pela primeira vez desde a Babilônia. Diante do mar Negro ele bradou: "O mar! O mar!". Em uma mão a surata "Yasin Charif", na outra, uma rapieira e um *kemençe*. Ei, me diga: a qual nação, a que classe eu pertenço?..

Acabo de marcar a estampa de uma asa negra na cédula de voto; acho que é bem isso que se espera de um operário.

— Eu não nasci operário, mas como operário vocês vão me matar — eu disse ao jovem.

— Que diabos o senhor está dizendo? Saia daí — gritaram...

Eu... eu que finalmente emergi, quem sou eu? Sou da cultura Ólbia, antiga colônia grega. Heródoto a menciona em seu *Historiarum*, que abrange oito séculos, do século IV a.C. ao século IV d.C. Penso na água do mar em que mergulhei na casa da Mãe Romrom, no arenque, no peixe-diabo, na garoupa hermafrodita e no peixe-ventosa, que não sabem nadar bem. Na Nermin, que parece um peixe-fita, o dorso azul e verde, os flancos prateados, a barriga roxa quase preta. E na anchova com olhos de cabra-cabaço, que se camufla no fundo do mar de dia e que enfrenta destemidamente a morte aos três anos de idade. Ninguém os trocaria nem pelo mundo inteiro. Se você os entrega às mãos de um comerciante e lhe pergunta sobre seu preço, ele diz: a anchova grega vale tanto quanto um boi de Ipsir.

Procurei no livro *Pêches et pêcheries en Turquie*, de Felix, Avram, Yervant e Devedjian, uma ilustração da anchova estudada por muitos pesquisadores:

o russo Aleksándrov
o russo Puzánov
o romeno Treseb,
o finlandês Tikhy,
o turco Battalgil,
o grego Kosta,
o armênio Hermin,
o laz Sözer,
o georgiano Kunkut,
o búlgaro Shoshkov,
o alemão Drensky,
o tcheco Vladikof.

A Mãe Romrom costumava prepará-los com temperos e ervas... Ah, se naquele tempo eu tivesse a cabeça que eu tenho agora! Ah, aquela Janine de Le Havre, uma meretriz do jeitinho que eu gosto; a Tamara, a ateia de Constança; a tagarela Kaliopi de Patras; a Vivi e a Bárbara e especialmente a Sofie de Paros. Anna, Madelein, Petkana, Monique de la Husira, Gisella, Iris, Sonia; a gente, ou melhor, as pessoas, Deus quer que esqueçamos as nossas origens, eu já disse isso... eu já disse, há algo de errado nos dias de hoje.

"SUPHI, SUPHI...!", gritei para o mar Negro...

DOCUMENTOS, INFORMAÇÕES E COMENTÁRIOS SOBRE MUSTAFA SUPHI

1.

Eu sou Salih Zeki Çağatay, de Trebizonda. O nome do meu avô era Papai Yunus. Ele teve três filhos. Um deles foi o meu pai, Nuri. Os outros dois foram os meus tios Mehmet e ABDÜLKADIR. Depois de se aposentar como capitão de gendarmaria, meu tio Mehmet foi aprovado em um exame e conquistou o direito de exercer a advocacia. Durante o tempo em que atuou como advogado em Trebizonda, ele teve Halit Özyörük como sócio. Ele também cuidava dos assuntos de Yahya Kâhya, o superintendente do cais do porto da cidade. Meu outro tio, Abdülkadir, era veterinário no Exército. Como capitão da Frente Oriental, foi capturado pelos russos. Durante a Revolução Russa, ele aderiu ao bolchevismo e fundou, com MUSTAFA SUPHI, na Rússia, O PARTIDO BOM-CHEVIQUE TURCO. Mais tarde ele anunciou o seu retorno à Turquia, juntamente com Suphi. O meu tio Mehmet mostrou a Kâhya o telegrama, em que confessou ter recebido uma carta de Ancara com instruções para eliminar Mustafa Suphi e seus amigos do caminho. Ele instruiu o meu tio Mehmet a ajudar Abdülkadir a escapar e salvá-lo. O meu tio foi para Maçka, onde se encontrou com Murat, filho de Eyüp, administrador distrital de Maçka. Quando Mustafa Suphi e seus companheiros chegaram a Maçka, o respeitável Murat afastou o meu tio Abdülkadir dos outros e o escondeu em sua casa. Mustafa Suphi e seus companheiros se dirigiram a Trebizonda e foram massacrados no mar por Kâhya, do modo como sabemos. O meu tio, que tinha se escondido em Maçka, posteriormente foi a Trebizonda e, por intermédio de Hasan Saka, membro do Parlamento em Trebizonda, foi nomeado veterinário oficial de Erzurum. Depois ele foi nomeado veterinário oficial de Sivas. Lá ele foi exonerado do cargo por ter mantido relações com uma menor de idade. Então ele foi para a Trácia, onde se instalou em Süloğlu, para exercer a veterinária como autônomo. Não sei exatamente o que ele fazia lá, mas sei que lá permaneceu por muitos anos. Por um tempo ele foi muito rico, mas depois foi empobrecendo. Em uma última carta datada de 9 de maio de 1957, ele escreveu que se encontrava em Süloğlu e que estava passando necessidade. Em 1961 ficamos sabendo que ele morreu em um acidente de carro. Como o meu tio Abdülkadir me dissera em uma reunião, dezessete pessoas, dezoito com a esposa de Mustafa Suphi, haviam partido da Rússia. Diz-se que duas pessoas deixaram o grupo em Bayburt. Meu tio deixou o grupo e ficou em Maçka, e a esposa de Suphi foi presa em Trebizonda. Os catorze restantes teriam sido aniquilados no mar por Kâhya.

24/10/1967

Salih Çağatay,
Ex-notário de Trebizonda e de Yalova

(Mahmut Goloğlu, *Cumhuriyete Doğru*, 1921-22; Ancara: Başnur Matbaası, 1971, p. 396)

2.

"[...] Ainda hoje, sigo convicto de que Lênin e Stálin não queriam nem Sultan-Galiev nem Mustafa Suphi. Porque a interpretação que Sultan-Galiev fez de Marx poderia dividir a Grande Rússia. Uma maneira de evitar tal divisão seria remover Sultan-Galiev, o criador da dinamite que seria lançada nas fundações da Rússia, e seu secretário Mustafa Suphi. [...] Há outro ponto que não mencionamos, mas que deve ser considerado: em 1921 assinamos um acordo de amizade com os russos. A data exata: 16/3/1921. [...] De acordo com uma cláusula do acordo amigável, 'Nenhum dos lados reconhecerá aos contrarevolucionários o direito à vida'. [...] Mustafa Suphi veio para a Turquia por volta de 1920 e foi morto nas mãos de Kâhya; a morte de Sultan-Galiev ocorreu por volta de 1924..."

(Ismet Bozdağ, "Kemal Tahir'in Söyleşileri", Milliyet,
15 de junho de 1980)

3.

"[...] Mesmo antes de Mustafa Suphi transferir a organização para Bakû, uma organização chamada Partido Comunista Turco foi criada aqui. Foi fundada por turcos, a maioria dos quais era de membros do Comitê de Unidade e Progresso,[16] a mesma organização que se tornou ligada aos bolcheviques. Logo que Mustafa Suphi chegou a Bakû, em 27 de maio de 1920, a primeira coisa que fez foi dissolver o partido e liquidar o Comitê. [...] Sabemos que essas pessoas, assim como não têm laços com comunistas como nós, também nada têm a ver com o movimento nacionalista de Mustafa Kemal... [...] Além disso, os membros do Comitê que se reuniram em torno de Enver Paxá nutrem uma grande hostilidade em relação a Suphi, dadas as manifestações organizadas por este contra Enver Paxá..."

"[...] entretanto, o Pequeno Talât (Muşkara)[17] e outros membros do Comitê, que se encontravam então em Trebizonda, por decisão do Governo da Grande Assembleia Nacional da Turquia, são expulsos da pátria tendo que ir para o exterior... Assim, o Pequeno Talât queria ganhar a confiança da Rússia expondo o governo de Ancara como responsável pela morte de Suphi e, ao mesmo tempo, obter o apoio russo para Enver Paxá contra Mustafa Kemal. Além disso, é possível que a principal intenção fosse dissipar as acusações que vinham se acumulando sobre esse assunto, mesmo antes de sua deportação para a Rússia."

16 CUP, organização que lutou por reformas liberais no Império Otomano.

17 "Triunvirato ditatorial" do Império Otomano, incluía o ministro do Interior, Mehmet Talât (1874-1921), o ministro da Guerra, İsmail Enver (1881-1922), e o ministro da Marinha, Ahmet Cemal (1872-1922).

"Podemos, portanto, concluir, embora sem total convicção, que a teoria mais provável é que os membros do Comitê de Unidade e Progresso tenham ordenado o assassinato de Mustafa Suphi e de seus companheiros..."

(Prof. Dr. Yavuz Aslan,
Türkiye Komünist Fırkası'nın Kuruluşu ve Mustafa Suphi;
Türk Tarih Kurumu Basımevi, Ancara, 1977)

4.
"[...] Foram os membros da ala direita da CUP — a maioria dos quais também trabalhou na Organização Especial — que organizaram o assassinato dos comunistas turcos. Mais tarde, Mustafa Kemal se opôs ao retorno de Enver Paxá à Turquia via Trebizonda, e assim este último e seus acólitos desapareceram da face da Terra..."

(Andrew Mango, "Atatürk",
Yeni Binyıl, 14 de março de 2000)

MORTE

V

Céu sem nuvens, o verão chegará mais cedo este ano, a luz do outono cobre o mar. Esse é o mar? O verão chegará mais cedo este ano; o *hamsin*, o *kokolya*, o *kozkavuran*, todos esses ventos chegarão sem mim.

Céu sem nuvens, a cintilação da luz do outono cobre o mar. Esse é o mar Negro? Será que vou me chocar contra uma mansão da costa?.. Para onde estou indo? Estou usando o meu pijama azul; parece que vestiram em mim também a calça. Para onde estão me levando?.. Mas o que é isso? São cegonhas? São as cegonhas que estão balindo no campo? "Você pediu algo, papai?" Ah, se a minha voz voltasse!.. Uma rua, aqui é uma rua, afinal eles vão fazer como disseram; ou será que é a torre de Gálata? Zorafina! Mãe Romrom! Ela não veio conosco, ficou lá, enterrada num rincão do jardim junto ao papai. Dentro de alguns anos, os operários da Nermin plantarão chá no túmulo deles. Não, não pode ser a torre Eiffel... ela é mais alta... por acaso a torre Eiffel é uma Negripola de quatro pernas? Ou por acaso é o Bósforo? Mas quem pavimentou o Bósforo com essas imensas placas de mármore azul? Será que sultão Mehmet, o Conquistador, vai passar por aqui? Ou será que Alexandre, o Grande, vai montar seu acampamento aqui? Ou será que o *Gazi* se aproximará do cais de novo e partirá de novo para Samsun? Ele vai me libertar de novo e o Suphi salvará a Nermin de novo? Acaso trouxemos o mármore da Itália? Quem quer que venha ou passe, virá e passará para nos libertar, mas fomos nós que carregamos as pedras para pavimentar a rua deles, eles que nos fizeram carregá-las... Quem é que está aqui ao meu lado? "A estrada está em péssimas condições, eu não consigo ir mais rápido do que isto", "Você deveria ter pego a outra estrada", "Está lotada, chegaríamos atrasados..." Reze por Menderes, foi ele que inaugurou esta via, o senhor pode me levar a tempo para a minha morte, então do outro lado está Üsküdar, a torre de Leandro, a torre de Leandro,,, e essa é a frota das potências ocupantes, lá em frente a Ortaköy, onde o céu se fundiu e a névoa desceu sobre o mar...

Não me deixaram morrer na minha própria casa... Eles cobriram o mármore com um esmalte azul que brilha como um mosaico composto de muitas partículas; bem no meio plantaram um louro-cereja, gaivotas negras espalhadas aqui e acolá... o navio parou... o navio parou, nós chegamos,,, abra os tubos de vapor, abra a válvula do escapamento o máximo possível, ele deve esvaziar, abra os tubos da camisa de vapor, regule a resistência, veja se a alavanca do êmbolo está no lugar, drene a condensação, apresse-se e feche todos os canos novamente, eles não devem vazar, nada deve escapar, esses taifeiros de camisa branca,,, eles têm que sair da minha sala de máquinas, Mãe Romrom,,, estou com ela em um navio, essa tampa de mármore preto,,, essa tampa totalmente aberta no meio do mármore azul,,, sob o loureiro...

Mãe Romrom!..

Me soltem! Me soltem! Não me furem com agulhas, me soltem, não me mantenham aqui, as feridas da Guerra... da Guerra de Libertação ainda não sararam...

Não perdoo vocês... as munições que carreguei por esta nação,,, as escoriações que sofri,,, dias religiosos, feriados, dias de luto,,, o meu cavalo, o meu pangaré malhado Kızbeni dos olhos castanhos, que foi atingido por uma bala e morreu... os meus irmãos das crinas loiras que morreram antes de mim,,, Mustafa Suphi, que tingiu de vermelho as águas do mar Negro...

Eu não perdoo vocês pelas feridas profundas nas solas dos meus pés... pela loucura da minha filha... pelo suor de uma vida inteira derramado para os donos de navios,,, pela fortuna que eles acumularam e que está nos bancos suíços,,, pelas máquinas de que cuidei por cinquenta anos, tocando nelas como se tirasse seda do casulo,,, pelos mapas que desenhei delas,,, pelos que me separaram do meu irmão mais velho, pelos médicos que não conseguiram diagnosticar minha doença,,, pelo 28 e 29 de janeiro... eu não perdoo vocês...

Aqueles que não me deixaram morrer em casa e me levaram para o hospital,,, que deixaram o meu corpo esperando pela morte naquela caixa frigorífica,,, que mandaram lavar o meu corpo lá,,, que deixaram que me levassem embora,,, aqueles que me levaram para a mesquita de Şişli sem me deixar parar na minha casa,,, que me enterraram em Zincirlikuyu...

Neste mundo... eu não per-do-o ninguém, nin-guém, NIN-GUÉÉMM.

A MÃE

mevlût

Saímos da mesquita. A mamãe diz: "Corra, chame os parentes para um chá em nossa casa. É falta de educação deixar de fazer isso". Desço correndo a escadaria da mesquita e barro o caminho dos que estavam indo embora. "Ei! Esperem! Esperem! Voltem, venham aqui! Agora vai ter chá lá em casa. É a minha mãe que está convidando..." Eles param e, após consultar uns aos outros, decidem vir comigo. Com passos rápidos, vou na frente deles, aumentando a distância entre nós. A casa aparece; está a mais ou menos 150 metros, no fim da rua.

Caminho na frente, sozinha. Carrego nos braços um monte de pacotinhos de doces oferecidos no *mevlût*, que passo a espalhar pela rua. Quanto mais ando, mais longo parece o caminho; nunca acaba. Olho para trás, eles ficaram altos, bem altos, caminhando em filas de quatro ou cinco pessoas, silenciosos e eretos. Estou com medo. A fila que está mais na frente vai se agachando para pegar os doces que eu joguei; então se endireitam e me seguem novamente. Penso o seguinte: "Já que joguei doces, eles não podem me fazer nenhum mal".

A rua está molhada. A água começa a aumentar de volume, alcançando a altura de um homem. Começo a nadar. Eu penso: todos eles vão se afogar e eu estarei livre, mas volto a olhar e eis que estão todos nadando atrás de mim. Percebo que somente os doces derreteram, se desfizeram. Agora estou com muito medo e passo a nadar borboleta, estilo que eu domino. Mas de repente a água recua e me vejo de bruços no solo. Levanto-me e corro. Eles me alcançam, silenciosos e eretos. Ao me aproximar da casa, diminuo um pouco o ritmo, fingindo esperar, para esconder o medo que tenho deles.

Nosso pequeno corredor ficará muito estreito se eles tirarem seus sapatos e casacos. A mamãe não está por perto, o que eu vou fazer? Sobre o que vou conversar com essas pessoas? A mamãe sempre ficava com vergonha desses parentes e nos deixava constrangidos. Não permitia que ninguém entrasse na nossa casa. Ela sempre me pedia para dizer: "Ela não está em casa, voltará à noite". Vestidas dos pés à cabeça de preto, as mulheres tinham uma aparência assustadora. Dava para ver os olhos claros se mexendo por trás do véu preto. Com suor escorrendo das pálpebras, elas seguravam nos braços os filhos miúdos, loiros e de olhos claros. Diziam: "Diga-lhe que a mãe do tio Zülküflü de Kasımpaşa veio aqui", ou "A nora do capitão Hıdır", ou "Olá, dê esse cesto para a sua mãe, foi o meu Bilal que enviou lá do vilarejo". Às vezes alguém perguntava: "E essa é quem?", "Ah, a mulher do Hasan!". Elas se viravam e saíam, parecendo insetos pretos de pé sobre as patas traseiras. "Que mulheres sem educação", a mamãe dizia depois que iam embora, "olhe para elas, não mudaram nada!" O que vou conversar com elas agora? Onde vou achar tantas xícaras e colheres de chá? Entre eles há mulheres que ainda usam o véu e homens que ainda usam boina verde. Os mesmos Boinas Verdes que nos perseguiram no Domingo Sangrento.[18] Os mesmos que os jornais chamaram de "povo". Agora o povo está entrando na nossa casa, encharcado. Deixe entrar, após todos esses anos, por fim vamos nos conhecer. Todos devem estar loucos por um chá. Será que estão tristes? Difícil de dizer. Não dá para concluir nada pela fisionomia deles. Eles creem em Deus; prestam sua última homenagem diante de um morto. O sentido da vida deles é tão simples, tão fácil... Será mesmo?..

Fico olhando da porta, uma ponta do cortejo está aqui e a outra à porta da mesquita. O que devo fazer agora com todas as pessoas que não conheço?.. A última da fila deve ser a Meral — minha cunhada Meral. Ela entregou seu bebê de dois meses à criada, a Menekşe, e está se apressando para acompanhar a fila. Depois de se casar, ela se

18 "Kanlı Pazar", conflito entre forças de direita e de esquerda que ocorreu no dia 16 de fevereiro de 1969 em Istambul.

tornou crente. Crê em Deus, é claro. "Eu não vou deixar você sozinha estes dias", ela disse, e veio lá de Sarıyer com o bebê só para ficar comigo.

Ela me contava um monte de coisas pelas quais eu não tinha o menor interesse. Eu não conseguia ouvi-la até o fim. "Ah, querida, você está com a cabeça nas nuvens de novo, mas não se pode morrer com os mortos; o luto é uma coisa, a fome é outra, não deixe a dor lhe consumir, devemos continuar vivendo", dizia ela. Tento explicar: "Não é esse tipo de tristeza que eu sinto, só estou pensando no monte de verdades que até agora eu não tinha percebido...", mas ela não entende, nem sequer presta atenção... os meus amigos verdadeiros, que me compreendem e com quem me dou tão bem, não vieram me ver. Os meus amigos verdadeiros... quem são? Onde estão agora? "São formalidades desnecessárias... sem importância", disseram quando nos encontramos. Mas o homem que morreu se levantou do leito de morte para votar, e fez isso por nós! Mas o que significa um voto? O nosso povo está morrendo! E o amor pelos que estão vivos? Em tempos como estes, até mencionar a palavra amor é loucura. São tempos difíceis, é duro ser de esquerda, é mais ou menos como ser um profeta. Cada um de nós deve ser um Maomé, um Jesus, um Moisés, sim, cada um de nós. Só um Jesus não é suficiente, só um Moisés não é suficiente, não é... Se você mantiver os passos firmes, esses profetas o receberão em seu meio. Mas se você tropeçar e cair, não irão socorrê-lo, eles sequer olharão para você. Você deveria ser útil para eles, mas não deve esperar a ajuda deles, não é mesmo? Hoje em dia não se pode confiar em nada, nada é certo. Todos os valores estão de cabeça para baixo. Mas um dia a ordem moral pela qual ansiamos se tornará realidade, mesmo que briguemos uns com os outros. Em primeiro lugar, devemos nos livrar dos traidores, dos apóstatas deliberados, dos que nos desencaminham ou que se desviam do caminho. Em nenhum caso devemos poupá-los. A nossa missão de profetas se destina aos outros, aos da boina verde...

Coloco a chave na fechadura e giro. Abro a minha porta para o meu povo pela primeira vez. De pronto percebo que não estão mais molhados, todos parecem secos. Ótimo. Até esse momento, sempre foram os outros que entravam por esta porta. Trazendo nos bolsos poemas e garrafas de conhaque, pessoas que só estavam preocupadas com a própria fama, eu achava que as entendia e que elas me entendiam; elas queriam reafirmar sua fama, me procuravam para se sentirem mais seguras... É isso mesmo?.. Não, não é...

O povo começa a entrar, a primeira fileira; tiram os sapatos, passando por mim sem me olhar: "Não precisa tirar os sapatos, tio, não precisa, não havia lama na rua, nem há espaço em casa para deixá-los...". As pessoas fingem que não me escutam e dizem: "Quem é você para falar se podemos tirar ou não os sapatos?". À medida que entram, uma voz chama o nome delas: İsmail, filho de Muharrem de Hemşin; Seyfettin de Mamul, Abdurrahman İslam, Hacı Salih; Temel de Vakfıkebir, Oruç, Meryem, Akife, Zehra; parentes do papai da província de Çayeli; capitão Bilal, piloto Ali, tia Hafize; o clã de Bilginol, irmãs, os

İşakoğulları, os Behzatoğulları, os Sabitoğulları, Kibaroğulları, cunhada Zehra, Bekir, o dentista do meu pai, sua esposa (eu os conheço, pelo menos), tripulantes do papai: Recep, Salih, Rüfet, Ramazan; o dr. Naci, que diagnosticou corretamente a doença do papai, sua mãe (eu os conheço também), Dona Melek, Dona Mürüvvet, o capitão Tahsin (eu o conheço), Şaban de Sürmene, Mustafa Yazıcıoğlu, com os filhos de Maçka; mulá Necmettin, dona Sahur e o capitão Rahmi... (Quando saí do hospital, um homem enfiou um envelope grosso na minha mão, um pacote: "Isto é seu", ele me disse. Assim que rasguei o embrulho, reconheci a dentadura rosada dele. "Eu não perdoo vocês, não perdoo!") a tia Safiye; o capataz Rıza; Yusuf, o amigo de que papai mais gostava e com quem ia caçar, e seus filhos Selami, Asım e Ömer. Com gaviões empoleirados nos braços dos três; encolhidos assim, parecem jarros de argila redondos. Eles fecharam os olhos e estão dormindo. O tio Yusuf larga no chão o saco que carregava nas costas, saco em que algo se mexia. Quando meu pai voltava com um monte de codornas, minha mãe disse: "Pegue isso aqui, vai bem com uma garrafa de *rakı*! Devem ter fugido da Rússia e vieram para cá". A família do tio do meu pai: capitão Ziya, a nora e o genro da tia Asiye, o tagarela do Ahmet e o querido Musa (eu o conheço) — ele me ajudava a montar numa cegonha grande e branca, "Noz" Ali era o nome dela, ela batia as asas, voava e me devolvia ao solo. A dona Hadiye, filha do paxá Sıfır Hasan, a filha do tio do meu pai, seus filhos Zeki e Hasan, suas noras, a tia Rakibe, a tia Hatçe, Esma, Hızır, Dursun; Osman Gavras, de Yomra, aliás, de Vona, que compôs uma canção sobre Ismail de Soytaro e que diz assim: "Ah, Soytaro, você foi preso e morto/ o caravançarai central estava encharcado de sangue/ lá o capitão traiu você/ porque o povo turco reconheceu você". Hüseyin, Yunus, os Bangoğul, Hilmi e İhsan (companheiros meus do partido), a Meral, a Menekşe e o bebê. A mamãe também chegou. Perguntei à voz se algum proprietário de navio havia vindo. "Nenhum", disse ela. "Mas ele trabalhou para eles por cinquenta anos — é tão fácil dizer — cinquenta anos", eu insisti. "Não, nenhum veio", repetiu a voz. "Eles não ficam na Turquia nesta estação, é época das férias semestrais, eles vão visitar os filhos na Europa, esquiar, fazer compras, você sabe", disse a voz. "Eu sei", concordei e fechei a porta.

A Menekşe deixa o bebê no chão; a mamãe aparece: "Vão caber todos?", ela pergunta. "Não sei, acho que sim", respondo. Grito para a mulher que está na cozinha: "Şirin, faça cem xícaras de chá!". A mamãe replica: "Que *chá*?! Por acaso você quer dar um baile no *mevlût* do seu pai?", "Mas você não disse para eu convidar todo mundo?", perguntei. De súbito ela desata a chorar. "Não chore, o papai está aqui conosco", digo, e ela se acalma. "Onde, onde está ele? Mostre-me!", ela exclama. Eu aponto para o saco que está se mexendo no chão. "Não conte a ninguém que ele está aí; podem fugir", ela me pede. Mamãe olha para as pessoas que encheram a casa e berra: "Eu disse para você convidar nossos parentes", em seguida ela grita para eles: "Saia agora quem não for nosso parente!". Ninguém se mexe. "Por acaso não me ouviram? Quem não for parente nosso, saia agora!", ela repete. "Que absurdo!", rosna dona Hüsniye, "primeiro elas nos convidam e depois nos mandam embora!" A mamãe a agarra pela gola, arrasta-a até a porta e então entra novamente. "Fora! Saiam! Rápido!", diz mamãe, expulsando os vizinhos. "Mamãe, que vergonha, deixe-os ficar!" "Não, eles têm que sair, eu não quero vê-los aqui!", ela diz. "Quando você era pequena, como eles fofocavam sobre você!" "Deixe isso pra lá agora, mamãe." "Impossível, por que é que vou deixar pra lá? Não tolero a maldade de ninguém; eu nem perdoei o seu pai no meu coração, quanto mais a Dona Mürüvvet. Ela sempre arrancava as flores que ele havia plantado. Como ele adorava os lilases! O pobrezinho nem podia sentir o aroma das flores direito, ela costumava roubá-las à meia-noite, depois que íamos dormir. Essa ladra!" As mulheres se levantaram e, murmurando, começaram a ir embora. "Essa mulher enlouqueceu!", murmuravam. Mamãe diz: "E com a vida cara como está, não se pode gastar chá e açúcar assim. Vão tomar chá na sua própria casa!". Eu suplico: "Perdoem-na, ela não está bem". Mamãe me interrompe: "Estou bem, sim, estou bem. E você pode fazer o favor de parar de bajular essas imprestáveis?". Dona Mürüvvet, ofendida, vociferou: "Sua sem-vergonha! Você acha que dependemos do seu chá? Primeiro fazem você ouvir uma cerimônia de *mevlût* num dia de inverno numa mesquita gelada, fazem você rezar e dizer amém e depois expulsam você. Que Deus faça esse homem revirar-se em agonia em seu túmulo!". "Sim, agora ela está mostrando a verdadeira cara!", diz minha mãe e desce a bolsa na cabeça dela. Alguns de nós a seguramos e tentamos controlá-la. Então a conduzimos para fora. Agora a mamãe ataca a Dona Melek. "Vai embora, vai, sua convertida hipócrita!", grita ela. Segurando a mão dela, eu falo: "Mamãe, o que você está fazendo? Que vergonha!". "Deixe-me, deixe-me dizer tudo o que tenho no meu coração a essa arrogante que se pavoneia porque é a mulher de um adido militar, e eu que pensei que ela fosse uma pessoa decente... Ouvi dizer que ela nos chamou de 'lazes sujos' pelas costas. Ela disse que, porque vivemos aqui, o bairro fede. Nós fizemos o bairro apodrecer com o nosso cheiro de gordura, ela nem conseguia passar na frente da nossa porta! A Dona Esma é minha testemunha." A Dona Melek se levanta e diz: "Que absurdo, meu Deus do céu!". "Vamos, rua, sua judia de Salônica, hipócrita...", diz mamãe, expulsando-a. "Sente-se, Esma, querida, eu não vou deixar você ir embora, nem o Naci. Vamos tomar chá...", ela mesma se sentando, e murmurando: "Olha só essa lambisgoia... porque vivemos aqui o bairro fede. Mas você veio para este bairro depois de nós. Ela não cozinha nada, então não pode cheirar a nada! Oh! Meu pobre marido, eu não podia mais fazer purê de couve-de-folhas, por mais que ele quisesse. O médico proibiu, o canalha. Ele queria era matá-lo de fome, isso sim. Eles fizeram esse homem gigantesco emagrecer até virar um esqueleto...". Ela corre para bater a porta com força atrás daqueles que acabaram de ser expulsos. "Ah, isso mesmo, enfim sós, nós duas, sangue do mesmo sangue. Um escorpião não faz a outro escorpião o que um parente faz a outro", ela ironiza.

Os parentes enchem a sala e o cômodo adjacente a ela. As crianças estão sentadas de pernas cruzadas e os jovens estão em pé, amontoados, a maior parte dos homens com um colar de contas na mão, as mulheres com a cabeça curvada para a frente, os olhos fixos no chão. O bebê da Meral de repente se livra do cueiro e, totalmente nu, sobe no piano e começa a pular sobre a tampa. Meryem, apontando para o piano, pergunta: "O que é isso, hein?". "Um piano", respondo. "O que se faz com isso?" "A gente toca." İhsan se aproxima dele e, com um dedo, toca a marcha de comemoração dos dez anos da República: "Saímos, de consciência limpa...". Ouvem-se murmúrios de "*La illaha illa Allah*"[19] da multidão, mas İhsan prossegue: "Liderados pelo comandante-chefe de renome mundial". Os jovens se juntam em volta do piano e começam a balançar, o bebê começa a tremer inteiro ao compasso da nova dança, e os outros acompanham. A Meral bate palmas e grita: "Muito bem, minha pequena, requebra, requebra, requebra...". O İhsan deixa o piano e se junta aos que estão dançando, ele também começa a requebrar, como se sua vida dependesse disso. O piano repete a melodia, sozinho: "Liderados pelo comandante-chefe de renome mundial... Liderados pelo comandante-chefe de renome mundial...". "Eu não perdoo, eu não perdoo ninguém!" Todos eles se contorcem como se fossem uma só pessoa.

Abdurrahman, apontando para o quadro na parede e com um colar de contas na mão, pergunta: "Minha menina, quem que é essiaí? Teu sogro, puracaso?". "Não, tio, ele é um dos nossos escritores famosos." "Nosso quê? Nosso quê?" O Hilmi vem ao meu auxílio, explicando: "Tio, esse é um grande escritor turco". "Nunca que ouvi dizerem dele", comenta Abdurrahman. Mamãe aparece: "Você estava perguntando sobre esse homem, tio Abdurrahman? Ah, se você soubesse! Ele é um homem

19 "Não há deus senão Deus", profissão de fé muçulmana.

riquíssimo! Ele pediu a mão da minha filha e eu recusei, se eu tivesse consentido, minha filha agora seria dona de caravançarais e de casas de banho, ah, que burrice a minha! Como sou teimosa e obstinada! Eu dei a mão dela para aquele miserável que fuma cachimbo e que acabou com a minha filha, a deixou doente...". A tia Hafize fixou os olhos em mim e disse: "Ué, essa menina tá duenti?". "É claro que ela está, tia, louca, louca!", disse a mamãe. "O marido dela a enlouqueceu, você sabe o que ele faz, tia? Quando eles estão sozinhos à noite, quando todos já se retiraram, ele puxa uma cadeira diante dela e se senta, olhando fixamente para ela por horas, sem dizer nada. Minha filha grita com ele, implorando: 'Diga alguma coisa!', mas o sujeito fica calado, encarando sem piscar, e de repente grita: 'Louco, louco e isso ainda é pouco!', ele repete isso mil vezes, e é assim todas as noites, que Deus faça você acreditar, tia Hafize, eu os observei uma noite, ouvi com meus próprios ouvidos; que eu caia dura neste momento se estiver mentindo!.." "Ah, me conta, se o coitado num tem ninguém, pra onde ele pode ir?", diz tia Hafize, cheia de compaixão. O capitão Bilal pergunta: "Onde está aquele seu genro, está aqui?". "Não! Acaso um ímpio como ele viria a uma cerimônia de *mevlût*? Ah, capitão, ah! Se essa fosse a minha única angústia, eu poderia suportar!", lamenta-se mamãe, e depois sussurra: "Ele acha que é Deus". "Ai, ai, ai, o que você disse? Não repita isso, pelo amor do Altíssimo!", eles se aterrorizaram. "Ele não era tão maluco assim antes, mas depois que presenciou a morte do pai, ele perdeu o juízo!" "Ah, o que você está falando?", perguntaram eles. "Ele perambula pelas ruas de madrugada feito um fantasma, anda de um lado para outro da casa, dizendo: 'Eu vou salvar vocês, eu sou o vosso bom Deus, vou salvar vocês do Deus mau e de todos os seus sofrimentos', quanto mais ele fala, mais sua mente divaga..." O piano segue tocando a mesma melodia: "... pelo comandante-chefe de renome mundial...". "Não perdoo vocês, não perdoo vocês!.."

A tia Safiye pergunta sobre outro quadro na parede: "Este é um grande homem também", eu respondo. "Qual u nomi deli?" "Ilitch." "É ímpio?" "Sim." "Então o que ele tem com nós?" O Hilmi interrompe: "Tia, ele foi um grande homem, salvou a nação e os trabalhadores dela...". Eles se levantam, cada um apontando para um quadro. "Ah, quem é este um?" "Este, este?" "Ele venceu o inimigo... do imperialismo capitalista... do povo explorado..." "Você quer falar um comonista, então logo fala um comonista!", disseram eles, provocando uns aos outros. "Tínhamos ouvido muito dessa moça, era já sabido. Venham, vamos! Não se toque em nada aqui, do contrário, a sua ablução fica perdida! Se contaminam, contaminam..." A mamãe agarra o Emrullah pelo colarinho, joga-o contra a parede e grita: "Preste atenção, cale essa boca, sua víbora, não permitirei que fale isso da minha filha enquanto eu estiver viva! Eu sou tanto a mãe quanto o pai dela. Seu idiota, você não reconheceria um *comonista* se vissem um! Não me force a dizer umas verdades! Seu estúpido, você já não me atazanou o bastante no passado? Meu marido estava muito triste quando você o mandou para o outro mundo! Isso também é por sua causa!". Todos gritando ao mesmo tempo: "Ah, levantem-se, levantem-se! Não tomem o chá que essas pessoas fizeram, se tomarmos, estaremos em pecado!", empurrando-se e acotovelando-se.

Em meio a tudo isso, mamãe consegue falar com o mulá Necmettin: "Já se esqueceu? Não se lembra de que a vadia da sua filha ficou grávida do motorista? Eu cago na sua barba, seu cafetão!..", e arranca um tufo da sua barba. O Rüfet destrói o retrato de Castro com um soco. Ao ver isso, os demais também começam a atacar as molduras, a destroçar os pratos de parede, as pinturas a óleo, Nuri İyem, Levni, Fahir Aksoy, Avni Mehmetoğlu, uma a uma. "Vocês acham que, pelo fato de ele ter morrido, nós não temos um homem para nos proteger, não é mesmo? Agora vou mostrar pra vocês!", e corre até seu dormitório, pega o saco tremulante, alça-o no ombro, traz e abre. De súbito milhares de pássaros voejam para fora: codornas, marrecos, maçaricos, galinholas, tordos, calandras, perdizes. Patos-selvagens, perdizes-avelã, galinhas-d'angola, cortiçóis, arrabios voam por cima da nossa cabeça. Os gaviões de Selami, Asim e Ömer, que estavam dormindo no poleiro, de repente começam a perseguir freneticamente os pássaros. Os que estavam dançando gritam e gesticulam, braços e pernas em todas as direções enquanto rolam no chão. "... pelo comandante-chefe de renome mundial...", "... pelo comandante-chefe de renome mundial...", "não perdoo vocês, não perdoo vocês!". O Hacı Salih, o Recep Temel, os Sofuoğlus e o mulá me atacam. A Meral, o capitão Sabri, Hilmi Musa, o divertido Ahmet me salvam. "Cadê o seu pai, cadê ele?", mamãe pergunta, remexendo o saco e, não o encontrando, desaba no chão, o rosto pálido como cera.

Cutuco o braço do İhsan: "Acorda, acorda! Não pega bem você dançando desse jeito. Não percebe que precisamos de ajuda?". O İhsan para de dançar e tira um coquetel molotov do bolso. "Não atire isso de jeito nenhum, seu imbecil, senão todos nós voamos pelos ares", eu lhe digo. Aí prossigo, minha voz um misto de berro, gemido e súplica: "Esperem um momento, me escutem, meus irmãos e minhas irmãs, pessoas mais velhas do que eu, esperem, não derramem sangue em vão, vocês creem em Deus. Abandonem a ira, a maldade, temos todos o mesmo sangue, vamos dar as mãos, venham e eu vou salvar vocês, serei o seu bom Deus, sigam-me...". Alguém dá um murro nas minhas costas. "Qui vexâmi, sua molher ateia! Você agora quirendo dar uma di prufeta pra cima di nós? Qui abzurdu! Vai é pru infernu!", gritam eles. "Essa uma aí não tem é nadinha conosco, sim, não temus u mêsmu sangue qui ela, de verdade, até u pai dela era sim um pouco lelé, ele foi u premeiru a usar chapéu, u premeiru a fazer a molher usar chapéu, u premeiru a mandar a filha istudár, ia pra misquita só de feriado a feriado, i nunca que usava u solidéu na cabeça dele..." O Temel, que havia jogado o Hilmi no chão, agora o chuta nas costelas. Outro agarrou um tufo do cabelo do divertido Ahmet e o arrasta pelo chão, o Yazıcıoğlu encurralou o Musa e está esmurrando o nariz dele. Musa grita sem parar: "Noz Ali, Noz Aliii!". Eu corro para o meu quarto, pego a espada cerimonial do meu avô e desfecho golpes na direção deles. "Já que vocês estão sedentos de sangue, abatê-los é certo e justo, essa é a recompensa que lhes é devida!", eu grito e martirizo alguns deles. "Vocês não têm nem ideia do que é ser um profeta", afirmo. "A morte purificará vocês, a morte purificará vocês..." Eu persigo os inimigos. Os que não entraram na briga ficam na torcida, batendo palmas.

Os outros escapam para a rua por um fio, deixando os sapatos no patamar da escada.

Da porta aberta saem primeiro os pássaros, seguidos dos gaviões. Mamãe se achega e me beija. "Eu já disse isso antes, eu não tenho um filho, mas você é tanto minha filha quanto meu filho, minha filha e meu filho!", diz ela, aos prantos. Papai fica em silêncio. Ele não diz nem "eu perdoo você" nem "eu não perdoo você".

Eu ainda empunhava a espada. "Caiam fora, senão a cabeça de vocês vai rolar também", disse aos que não tinham entrado na briga. Eles também vão embora. A Meral limpa o suor da minha testa, então ela, junto com a Şirin, recolhe os cacos de vidro espalhados por todo canto. Os que estavam do meu lado na luta se abraçam e se beijam. "O que vamos fazer com os mortos?", perguntei. "Eles levaram seus mortos embora consigo", ouço em resposta. A campainha toca, é o meu marido que chegou. Ele me dá um beijo no rosto. "Tudo bem, querida?", ele pergunta. "Onde raios você esteve? Tome vergonha nessa sua cara!", eu esbravejo. Ele cheira a *rakı*. "Me desculpe, tinha esquecido completamente do *mevlût*, só lembrei agora... Olha só o estado desta casa!", ele diz e a mamãe explica: "Tivemos uma guerra aqui, lutamos sem um homem sequer e ganhamos". "Vocês são loucas mesmo", diz o meu marido, dando uma gargalhada. "Você que é louco", digo, e todos dão risada. O piano continuou tocando sozinho "... de renome...". "Faça isso parar!", grito para o İhsan. Ele dá um chute no piano, o bebê de imediato desce e volta ao cueiro e os que estavam dançando despertam do transe. O İhsan começa a tamborilar com um dedo de novo: "Sente-se, meu amor, sente-se no píer de Rize/ o que me atormenta tão profundamente, não posso lhe dizer". "Agora pode trazer o chá, Şirin!", eu peço, "e você pode ficar com todos esses sapatos que estão aí fora." "Certo, minha senhora", diz Şirin, com um sorriso nos lábios. Todos juntos dançamos o *horon*.

A MULHER

A Dona Nermin, há dez anos membro do Partido dos Trabalhadores, acaba de voltar da prática de esqui. Ela abre a janela do seu quarto e olha para a rampa à sua frente. O sol irradia uma névoa rosa-púrpura nas encostas enegrecidas. Flocos grandes e esparsos caem do céu. Aqui e ali erguem-se abetos, cuja copa se curva sob o peso da neve e seus galhos descem devotadamente, como se implorassem misericórdia à natureza. A Dona Nermin inspira essa natureza profundamente e, ao expirar, uma conversa ressoa em seus ouvidos: "Olha só pro sujeito. Ele deixa um estranho pôr o cinto na bunda da mulher dele!". A Dona Nermin olha para baixo, na direção da fala. Eram dois meninos da aldeia. Eles observavam os esquiadores — homens, mulheres e crianças —, tomando o teleférico para subir ao topo da montanha, descer esquiando de lá a toda a velocidade para então subir de novo. Ambos estavam com as mãos no bolso e o queixo enterrado entre os ombros curvos. Sempre que o teleférico levava as pessoas para cima, os dois pulavam, sacudindo a neve que os cobria e gritando feito animais, aparentemente por pura alegria.

A Dona Nermin, sem tirar as roupas de esqui, atira-se no sofá do quarto do hotel. Por um momento, seu rosto revela a lembrança de alguma desilusão. "Talvez um dia eles...", pensa em voz alta, mas logo em seguida interrompe esse pensamento: "Eu não devo pensar nisso, não devo".

A Dona Nermin entrou para o partido logo que ele foi fundado. À época, ela estava convencida de que num prazo de três a quatro anos os seus irmãos trabalhadores encheriam as praças das cidades — que não eram maiores que a palma da mão —, seus gritos furariam o céu prateado e a sociedade dos "sem classe, sem privilégio", à qual aspiraram por séculos, por fim seria criada. Embora tenha ficado claro logo nos primeiros dias que não seria uma tarefa fácil, a Dona Nermin lidou bem com todas as dificuldades. O principal problema então, como agora, era "rebaixar-se ao povo", como disse o presidente do partido. Ela era uma das que sabiam o que significava disciplina partidária e por anos esperou ser treinada nessa disciplina. Sim, a Dona Nermin ficou um pouco chocada ao ouvir a frase "rebaixar-se ao povo", mas não a questionou. Só que, lá no fundo, ela pensou: ele deve ter querido dizer "alcançar o povo, elevar-se ao povo". Simplesmente: "elevar-se ao povo", só isso. Suas atividades começaram com palestras, reuniões, discussões;

depois passaram a incluir marchas, perseguições, fugas e escoriações causadas por pedras e cassetetes. Mas a Dona Nermin não tinha a menor intenção de se intimidar nem de perder as esperanças. Porque, apesar de os poderes serem sectários e traiçoeiros, ela acreditava que um dia o povo os compreenderia e eles, o povo. E os partidários até acreditavam que já entendiam o povo, embora não tivessem encontrado nenhum meio adequado de se fazerem entender pelo povo.

Às vezes, eles iam, em vários grupos, a comunidades carentes para esclarecer as pessoas sobre a verdade, e para explicar a elas o quanto haviam sido enganadas até hoje, mas, minutos depois de começarem a falar, os que se encontravam nas filas de trás, que a princípio ouviam em silêncio, se levantavam e lhes atiravam pedras. De repente, o clima de hostilidade se espalhava atingindo os que estavam nas filas da frente (que ouviam de boa vontade e com os olhos cheios de esperança), que então se juntavam aos outros e gritavam: "Voltem para Moscou! Voltem para Moscou!".

A Dona Nermin, em dias como esse, voltava para casa com o coração na mão. Ela discutia os acontecimentos com o marido e buscava meios mais efetivos de alcançar esse povo incauto, de pureza angelical, tão ingênuo que parecia ter alguma doença mental, e que, no fim das contas, havia sido traído.

A Dona Nermin tinha suas dúvidas. Ela simplesmente não conseguia entender aquele povo que agia como se quisesse se torturar, como se seu sofrimento correspondesse a uma virtude. Talvez o povo não quisesse ser libertado das adversidades que havia sofrido durante séculos. Mesmo assim, ela acreditava que se encontraria uma maneira de romper essas camadas petrificadas, essas estruturas incrustadas que sobrecarregavam as pessoas. E, paradoxalmente, a cada dificuldade, seu entusiasmo só fazia aumentar. Ela sempre se perguntava: "Será que segui esse caminho porque amo o meu povo ou porque meu ódio me levou a isso?". Mas, em seu âmago, ela sabia que esse dilema já não era relevante. O que importava é que o caminho que escolhera, fossem quais fossem as razões, era inequívoco, e que, antes de morrer, ela deveria exclamar: "Missão cumprida!".

A Dona Nermin e seu marido eram intelectuais. Embora o marido não concordasse com as opiniões dela, ele se mostrava compreensivo e, aos poucos, passou a apoiá-la. A Dona Nermin refletiu por muito tempo, discutiu muito com o marido e, finalmente, para entender melhor aquele povo que despertava nela uma espécie de obstinação, ela concenceu o Seu Bedri a se mudar de Osmanbey para Taşlıtarla. Mas o marido se recusou, contudo, a trocar de emprego. Se ela quisesse oferecer ajuda aos "ladrões" de Taşlıtarla, tudo bem, mas com a condição de que não se intrometesse, por favor, na vida profissional do marido.

Certa manhã de maio, um dia claro com campânulas e margaridas brotando por toda parte, por uma bagatela

ela vendeu, ao comerciante curdo de objetos de segunda mão do bairro, a mobília de jacarandá que fazia parte do seu enxoval, o sofá de couro e as poltronas; mandou o bufê e a cristaleira para a sala de jantar da mãe, a quem também deu a prataria — vai que um dia precise — e, por fim, contratou um caminhão para transportar alguns poucos móveis — só o suficiente — para mobiliar o casebre de dois cômodos que ela alugara em Taşlıtarla. Com lágrimas nos olhos, a mãe olhou para a filha maluca que ela nunca, desde criança, conseguira refrear, e pensou: "Meu Deus, traz essa menina de volta à razão. O que é que eu vou dizer aos vizinhos? Beirando os quarenta anos! Meu Deus, quando vais colocar bom senso na cabeça da minha filha? Tu sabes mais, meu Deus. Por favor, ou não vou morrer tranquila!". E disse para a filha: "Então você me deixa assim, quando já estou com um pé na cova. Pelo menos não apareça aqui por um tempo, para que eu possa dizer aos meus conhecidos que você foi para Paris". A Dona Nermin respondeu em tom de repreensão: "Para o inferno com esses seus conhecidos! Você ainda está tentando impressioná-los?", mas logo depois abraçou a mãe e beijou seu rosto enrugado. "Está bem, não fique triste! Eu não apareço por um tempo. Se você quiser, pode dizer que eu fui para a América fazer compras." Abraçou-a e se despediu. Cuidando para não molhar o capacho, a mãe derramou um copo d'água em frente à porta de entrada, num gesto de abençoar o destino da filha.

A Dona Nermin acomodou-se na poltrona emborrachada de corino colocada em cima do caminhão, cruzou as pernas, acendeu um cigarro e rumou para Taşlıtarla.

Quando o caminhão partiu, ela não conseguiu controlar o desejo de dar uma banana para o apartamento de onde acabara de se mudar. O gesto a fez lembrar da sua infância; naquela época, eram principalmente os meninos que faziam isso. No mesmo instante ela se abaixou, com medo, e olhou ao redor para checar se ninguém a tinha visto. Ela sorriu e pensou nos tapas que sua mãe lhe dera por causa desse gesto.

Por todo o trajeto, ela mal se continha de tanta alegria; para se acalmar um pouco, começou a cantar o mais alto que podia. Então percebeu que, com o tempo, o som de sua voz havia se tornado mais suave, mais claro e mais caloroso. A Dona Nermin nunca teve crenças supersticiosas em toda a vida, mas pelo som puro de sua nova voz reconheceu que sua alma tinha recebido poderes sublimes. Com isso sentiu ter atingido um patamar só atingido por quem se entrega plenamente a todos os seus sentimentos, sem ser egoísta nem com a sociedade e nem com as pessoas. Naquele momento ela desejou muito que a sua mãe tivesse ouvido sua voz.

Levantando-se, olhou para o céu, para aquela clareira que a escuridão, como a espinha de um peixe, preenchia cada vez mais rápido. De vez em quando o caminhão balançava tanto que ela caía para trás na poltrona, depois se levantava, voltava a cair, levantava-se de novo e, com lágrimas nos olhos, ouvia a própria voz, que se tornava mais bela a cada cair e levantar.

Seus sentimentos iam da apreensão à alegria, da alegria ao medo, do medo ao entusiasmo. Quando via algum transeunte, agitava as mãos e os braços, saudando-o calorosamente. Se não tivesse vergonha, ela teria mandado beijos e até feito uma dança do ventre. Em vez disso, de vez em quando, ela gritava alto o suficiente para que todos ouvissem: "Vamos lá, vamos cantar juntos!". Surpresas, as pessoas paravam, olhavam para o caminhão e sorriam; só então seguiam seu caminho. A Dona Nermin interrompia seu canto e logo o recomeçava, só para ouvir se sua voz permanecia tão bonita quanto antes. Sentindo-se mais segura, ela se levantou de novo para saudar o povo. Já estava sem fôlego e outra voz — uma voz interior — começou a soar em seus ouvidos: "Sou muito grata, muito grata ao meu povo — que não é nem humano nem animal, nem astuto nem burro, que não ama e não é amado; por amor a vocês fui arrancada da burguesia mórbida e subdesenvolvida que atribui as piores intenções até mesmo aos meus atos mais inocentes". Então voltou a cantar e a bater palmas.

Meio tonta com a viagem, ela chegou à sua nova casa. Saltou do caminhão e esfregou o punho esquerdo sobre os dentes, como sempre fazia quando estava atordoada. O piano havia ficado na antiga casa e ela ainda não decidira se o venderia com as outras coisas ou não. Hesitou por um bom tempo. Não teve coragem de vendê-lo. Aquele piano desempenhara um papel especial em sua vida. Triste e, ao mesmo tempo, mágico. Um totem representando a desintegração do seu passado, um memorial aos erros de uma nação e aos pecados de uma família. Lembrou-se da infância... como sua mãe economizou, naqueles tempos de vacas magras, para lhe pagar as lições com um bielorrusso, muito famoso na época; como, nos dias de recepção em sua casa, a mãe a empurrava para os convidados com o eterno pedido: "Vamos, toque um Chopin para nós!"; da paixão por esse *monsieur* bielorrusso, no dia em que se beijaram, e como sua mãe saiu correndo do banheiro totalmente nua, sem cobrir as partes íntimas, perseguiu o bielorrusso e gritou: "Agora eu vou te mostrar o instrumento da cunhada tártara!". Com um sabonete branco ela atingiu a cabeça dolicocéfala do bielorrusso, de pescoço grosso e cabeleira loira, deixando um vergão bem no topo. Depois deu uma surra na filha, dizendo: "E ainda por cima com um infiel! Com um infiel!". A mãe nunca revelou aquele acontecimento ao seu pai, assim concentrando a autoridade apenas nas mãos dela. Afastando o punho dos dentes, Dona Nermin disse a si mesma: "Já que existe no mundo um instrumento assim, seria útil que o meu povo soubesse tocá-lo". E tão logo os móveis foram descarregados, ela enviou o caminhão de volta para buscar o piano.

Foi então que o primeiro problema de sua nova vida surgiu. O piano de cauda R. Erblich und Söhne não passava pela porta de entrada do casebre. Escurecia. Mais uma vez a Dona Nermin levou o punho aos dentes, esfregando-o neles e, após dizer: "Sacrifico qualquer coisa pelo povo", mandou deixar o piano no jardim do casebre, à sombra de uma ameixeira mirrada. Foram necessários oito carregadores para transportar e descarregar o piano, para trazê-lo de lá para cá, até que finalmente conseguiram colocar aquele monstro negro no lugar designado. Para as crianças de Taşlıtarla, que observavam a cena de boca aberta, a vida de repente adquiriu um traço surrealista. Com as mãos na cintura feito seus pais, elas aproximavam as cabeças quando se voltavam para acompanhar o pássaro negro. A Dona Nermin, com a voz embargada pela emoção, chamou para perto de si essas adoráveis crianças de pescoço delicado, olhos esbugalhados e pernas arqueadas. Um deles, o mais forte e carrancudo, aproximou-se de Nermin com passos cautelosos e com as mãos no bolso. Os outros o seguiram. "Crianças, prestem atenção! Este instrumento é chamado de piano. Vou lhes contar algo sobre ele: o piano é um instrumento que surgiu no século XVIII. Mas não é um dos nossos instrumentos. Cada nação tem seus próprios instrumentos. Os suíços, por exemplo, sempre foram um povo de pastores. Seu instrumento é uma flauta de pastor longa, muito longa, sendo que em uma extremidade a gente coloca a boca e a outra se estende até aquela romãzeira ali, mais ou menos. Nós temos outros instrumentos: *tulum*, *saz*, *kemençe*, *oud*, a flauta de pastor, a cítara..." E assim ela começou a sua aula.

As crianças permaneciam paradas ali, ressabiadas, como se não entendessem o que a Dona Nermin lhes dizia ou como se nem tivessem escutado nada. "Aproximem-se", ela disse, sorrindo. "Vou tocar para vocês verem que som ele produz." Ela puxou uma cadeira, sentou-se, anunciou uma valsa de Chopin e começou a tocar. Quando terminou e se virou, notou o jardim repleto de homens e de mulheres. Uma garota que havia começado a dançar ao som da melodia, foi contida pela mãe com um tapa nas costas. Com um sorriso cativante, a Dona Nermin se dirigiu às pessoas que ocupavam o seu jardim: "Olá!". E elas, sem demora, lhe responderam, em uníssono: "Olá!". Então os homens, aos poucos, foram se retirando. As mulheres, após alguns minutos de constrangimento, disseram: "Bem-vinda!". Algumas delas, como os homens, se afastaram em silêncio, e as que ficaram lhe desejaram felicidades na nova moradia e perguntaram: "Como você está?", puxando conversa. A Dona Nermin contou a elas a história do piano e se ofereceu para dar aulas do instrumento às crianças. Diante disso, as mulheres só se entreolharam, sem responder. Apesar de tudo, a Dona Nermin ficou satisfeita. Ela se deu conta de que tinha agido tolamente, com um entusiasmo exagerado. Ou será que estava com medo? Sabia que os partidários iriam humilhá-la por ela querer dar às pessoas consciência de classe, por um lado, e aulas de piano, por outro. Mais uma razão para se refugiar no seu amor ao povo. "Bem, primeiro se acomode melhor, então a gente volta pra conversar com você", disseram as mulheres que, segurando a ponta do véu com os dentes, já estavam indo embora. "Meu povo tão querido!" Ela prometeu a si mesma não ser mais tão impulsiva, tão emotiva, se esforçando, então, para manter um comportamento mais tranquilo. "Fiz muitas coisas erradas hoje", repreendeu a si mesma.

Naquela noite o marido da Dona Nermin, o Seu Bedri, voltou cedo do trabalho. Depois de passar um bom tempo procurando uma vaga para estacionar o seu Impala, ele conseguiu, com a ajuda de um dos novos vizinhos, achar um lugar a cinco minutos a pé do casebre. Os adultos e as crianças da comunidade mostraram menos interesse pelo carro do que pelo piano. Apenas alguns meninos, que queriam saber quem sairia do carro, correram atrás dele, animados ao ver o novo morador. Eles o acompanharam até sua casa.

A Dona Nermin foi receber o marido no portão do jardinzinho. Já havia escurecido. Entraram e deram um longo beijo. À medida que o Seu Bedri enchia o fornilho do cachimbo, a Dona Nermin lhe contava os acontecimentos do dia. Ela lhe assegurou que eles não estranhariam aquele lugar. Sugeriu que imaginassem que trabalhavam nas Nações Unidas e que tinham sido enviados ao Congo para uma missão. Por acaso o Seu Bedri não tinha mandado vários currículos? E não estava no aguardo de uma resposta positiva? Ali não seria pior do que lá. "Sim, querida, mas lá eu estaria ganhando dois mil dólares, e aqui eu posso ter que gastar até mais do que isso", disse ele. Apesar de tudo, ele parecia contente.

Depois de alguns meses da mudança para Taşlıtarla, a Dona Nermin já estava completamente adaptada. Pertencia àquele grupo de pessoas que se acostumam rápido às coisas. Além disso, ela fazia um grande esforço para entender o povo. Nesses dias caóticos, tão decisivos para sua vida, a simples lembrança dos hábitos pequeno-burgueses lhe parecia ofensiva. Tachlitarla não era um lugar tão ruim quanto diziam. As pessoas dali eram tranquilas. Pareciam se dar muito bem umas com as outras. De vez em quando acontecia uma briga, com a chateação de sempre, mas não durava mais que dois dias. Ela se dava muito bem com os vizinhos, que a visitavam de vez em quando. No início, eles só queriam descobrir quem era a Dona Nermin. Eles faziam especulações às claras, sem rodeios: Quem eram os seus pais? Qual era a profissão deles? Estavam vivos? Quanto ganhavam? Tinham casa própria? Seus sogros, seus cunhados, a profissão deles, o salário deles, se por acaso eles tinham máquina de lavar roupa, quantos filhos cada um tinha, por que a Dona Nermin não tinha nenhum filho e, acima de tudo, quais eram suas RAÍZES? Por que ela se mudou para aquele lugar se tinha uma casa e por que não morava aqui com sua mãe e sua sogra. Elas não viriam morar ali? Na época em que vivia entre os seus, a Dona Nermin teria achado vulgar toda essa curiosidade. No passado, ela caçoava das pessoas, supostamente refinadas, que faziam tais perguntas; mas agora a indiscrição franca do povo já não a irritava, e ela pacientemente respondeu a cada uma. Quando a Dona Nermin percebeu que, para satisfação geral, havia respondido a todas as perguntas e que não havia mais nenhuma em aberto, ela continuou tentando explicar o sistema, as diferenças entre os sistemas e a sociedade de classes em que viviam. As mulheres a ouviam com evidente incômodo, mudavam de assunto, fingiam não estar entendendo nada. Algumas recém-chegadas se desculpavam: "Se me dá licença, já está ficando tarde", levantavam-se e iam embora. Nesses momentos, a postura, o olhar e até a própria forma de se sentar dessas mulheres indicavam um tal descaso que um vazio abismal condenava a explanação a ser interrompida. O começo da fala da Dona Nermin parecia um sinal para as mulheres irem embora. Ela já tinha imaginado que progrediria lentamente na educação do povo, mas a proximidade dessas pessoas a assustava muito. Devia haver alguma maneira mais fácil de dissipar a desconfiança que elas acumularam dentro de si ao longo dos séculos e de convencê-las de como os socialistas são altruístas. Sim, com certeza devia haver.

O Seu Bedri era apaixonado pela mulher. Desde o início, ele admirava nela a sinceridade e a determinação; essas qualidades, com o tempo, acabaram despertando nele um intenso respeito e uma paixão sem reservas. Os colegas membros do partido também a respeitavam muito. Nas longas noites de verão, esses companheiros, tanto homens quanto mulheres, costumavam se reunir no jardim em torno da mesa sob a acácia, ao lado do piano, comendo, bebendo e discutindo política até as primeiras horas da manhã. Os vizinhos não compareciam, mesmo quando convidados. Apenas um deles, o impressor Rıza — membro local do partido — às vezes, aparecia, acompanhado de um jovem que cursava o segundo ano de direito. Discretos, eles enchiam seus pratos de comida, bebiam *rakı*, sentavam-se sem participar da conversa, logo pediam licença e iam embora.

Uma noite, o presidente do partido também apareceu. Apertaram as mãos de maneira amável, trocaram as habituais frases educadas e ele perguntou sobre os vizinhos. Com certa tristeza, a Dona Nermin relatou que essas pessoas estavam aparentemente satisfeitas com a vida, não desejavam nenhuma mudança, e a maioria apoiava o governo que estava no poder. O presidente ouviu e, com voz de quem apresenta condolências, instou-a a não desanimar, a não confiar nas aparências. O povo era imprevisível. Ela precisava ser paciente e continuar com seus ensinamentos. Olhando para as vinhas com filoxeras que se inclinavam em um canto do jardim e que tentavam se fixar nos gravetos, ele falou sobre o cultivo de uvas, sobre os fornecedores e, novamente, sobre a educação do povo. "Que belo jardim! Que belo lugar!", ele exclamou. "Mas nosso povo criará e produzirá outros ainda mais bonitos. Nesta luta pela liberdade, nosso povo derrotará os inimigos internos e externos", continuou ele. O Seu Bedri tirou o cachimbo da boca, virou-se para o presidente e disse: "Meu senhor, este povo também saiu vitorioso na primeira guerra de independência, mas as consequências disso são o que vemos agora. Se tudo afinal acaba assim, me pergunto o que significa pedir ao povo que trave batalhas o tempo todo!". Todos ouviram surpresos e não entenderam nada. Por causa dessas considerações, de alguém que normalmente não mostrava nenhum interesse particular por questões políticas e que nunca tomava parte ativa em tais debates, a Dona Nermin gritou com o marido: "Como ousa dizer isso!?". O presidente respondeu: "Não somos nós que conduzimos o povo a uma segunda guerra de independência, são as circunstâncias externas. Além disso, você não pode forçar as pessoas a fazer o que elas não querem. Também acredito que nem toda guerra tem que ter as mesmas consequências". Com essa atitude indulgente, o presidente ganhou a total simpatia de todos os presentes. O Seu Bedri apagou o cachimbo, encheu-o e continuou a fumar. Eles mudaram de assunto e falaram sobre o verão quente do ano anterior, as viagens que planejavam para o mês seguinte e os novos mísseis que os EUA haviam lançado ao espaço. Em seguida, o presidente se despediu. E com ele foram embora Talât, Muzaffer, İhsan e Osman. A Dona Nermin e o marido acompanharam o presidente até o ponto de táxi. Permaneceram calados durante o caminho, apenas respondiam às perguntas do presidente:

— Ali é uma casa particular, senhor.

— E essa, é uma delegacia de polícia?

— Sim, é um prédio bem grande... É a sede da Associação de Luta contra o Comunismo, senhor.

Os passos ruidosos dessas seis pessoas que, na escuridão andavam pelo caminho de pedra, ricocheteavam nos ouvidos da Dona Nermin. Quando se despediram, o presidente apertou firme suas mãos e, calorosamente, disse à Dona Nermin: "Parabéns; desejo-lhe muito sucesso".

Voltaram para casa. A Dona Nermin não andou de braços dados com o marido. Ao chegarem, ela foi para a cama sem dizer palavra. Abriu o livro de Politzer sobre filosofia do marxismo e começou a ler. O Seu Bedri foi espairecer um pouco no jardim, encheu o cachimbo, folheou os jornais e apagou as luzes. Quando foi para a cama, sua esposa já estava dormindo. O livro de Politzer repousava em seu peito.

No sofá do hotel, ela se vira de um lado para o outro e diz bem alto: "Não, não, não me arrependo de nada. Todas essas coisas eram inevitáveis.". Ela se levanta, dá alguns passos e, de repente, sente a dor de estômago se intensificar. "Eu não deveria pensar nisso. Eu deveria, sim, ouvir o médico." O médico a aconselhou: "Viaje, vá para o campo, não se preocupe tanto, pratique esportes, divirta-se! Divirta-se o quanto quiser, não se esforce tanto!". A Dona Nermin evitou o olhar do médico, que, ao dizer isso, a examinou cuidadosamente de cima a baixo. Ela pegou a bolsa, pagou-lhe o valor devido, agradeceu e se apressou em sair de lá.

De novo ela se apoia na janela. Lá embaixo, duas ou três crianças viram de um lado para o outro o rosto avermelhado pelo frio, fazem movimentos estranhos com as mãos e as sopram ao mesmo tempo que pulam, dando coices feito cavalos. Com seus trajes coloridos, os esquiadores descem em direção ao vale, caem, levantam-se e voltam para o pico novamente. E assim desenham linhas coloridas na encosta. As duas crianças parecem anões fazendo palhaçadas num circo de neve. Uma raiva indomável se apodera de cada célula do corpo dela e, quanto mais furiosa ela fica, pior é a dor de estômago. Anda nervosamente, de um lado para o outro no quarto, sem perceber. As discussões com o marido passam por sua cabeça. Num domingo, ele disse: "Você deveria consultar um psiquiatra. Seu ódio por pessoas que não são pobres e não se preocupam com isso, nada tem a ver com um espírito revolucionário; é possível que você apenas esteja doente". A Dona Nermin mal podia acreditar no que estava ouvindo. E então, continuaram a conversa:

— O nome mais simples para essa doença é: ter um pouco de consciência e um pouco de bom senso!

— Se você acha realmente que a classe trabalhadora pode ser libertada dos burgueses como vocês ou como nós, vá em frente e conscientize o seu povo...

— Não sabia que você tinha pesquisado esse assunto.

— Pesquisado?

— Em livros, artigos científicos...

— Você quer dizer que aqueles que não carregam, o tempo todo, um livro debaixo do braço, não têm o direito de falar?!

— Pelo que sei, apenas os intelectuais podem assumir a liderança nesta luta.

— Seja ao menos realista. Não estamos na China, aqui as coisas são diferentes. Se não contradigo você nessas questões, é apenas porque respeito a liberdade de expressão. Você tem que ser mesmo muito ingênua para pensar que, em apenas um ou dois anos, pode preencher essa lacuna de séculos aqui em Taşlıtarla.

— E você quer que essa lacuna desapareça sem que os intelectuais se incomodem.

Dona Nermin diz a si mesma de novo: "Não devo pensar tanto nisso", e para de andar pelo quarto. Ela admira o sol, do qual resta apenas uma pálida faixa vermelha muito estreita. Pega sua câmera, aponta para o sol e aperta o botão.

A sua vizinha Ruhsar certa vez confiou-lhe seu bebê. "Vou só dar um pulinho em Aksaray e volto logo, querida. Está amamentada e com fraldas limpas, volto daqui a no máximo duas horas", disse a nova esposa do impressor Rıza. Dona Nermin aceitou de bom grado o pedido dessa jovem com quem nunca havia falado antes. A mulher trouxe a criança, colocou-a no banco estofado e estendeu uma musselina branca em seu rosto. "Pode fazer as suas coisas, ela vai ficar quietinha", disse e saiu. Dona Nermin então se preocupou com o bebê — teve a impressão de que jazia sem vida sob o lenço, sem respirar. Pegou uma ponta do pano e o levantou com cuidado. Naquele momento o bebê acordou e começou a chorar. Pôs o pano de volta sobre o rosto da criança, mas ela não se acalmava. Pegou-a nos braços e a balançou, mas ela gritava cada vez mais. Então, a Dona Nermin sentiu algo quente em seu braço. Um líquido amarelo vazou e a mancha na fralda rapidamente aumentou. Sem saber o que fazer, ela colocou o bebê no banco. Os berros horripilantes da criança pareciam abalar o casebre. E não paravam. A mancha amarela agora se espalhara no banco. Ela correu para esquentar água, trouxe uma bacia, esperou que a água ficasse morna, pegou toalhas e lenços e levou tudo até o bebê. Abriu a fralda e, de repente, um fedor insuportável se espalhou por toda a sala, um fedor que ela nunca havia sentido na vida. Dos trapos e lenços sujos apareceram a barriga minúscula e os rosados lábios genitais do bebê. Parecia um grande mexilhão amarelo retirado da sua concha. O bebê ficou todo lambuzado; um líquido ocre escorria das nádegas, descia pelas pernas rechonchudas e chegava até os calcanhares. Ela tirou a criança da poltrona, mergulhou-a brevemente na água algumas vezes. Por fim a criança se acalmou um pouco; a Dona Nermin a envolveu em toalhas limpas e a deitou. A criança tremia toda, então ela a cobriu. A Dona Nermin ficou atordoada de medo e excitação. Ergueu o pano e viu que o bebê estava molhado de novo. A Dona Nermin esqueceu seu nojo. Correu e procurou lençóis e toalhas velhos, rasgou-os e os colocou debaixo da criança; depois, passou a verificar regularmente e, quando necessário, trocou os panos sujos por novos. Quando a vizinha voltou, a Dona Nermin e o bebê se encontravam aos prantos. A mãe apenas pegou o bebê do jeito que ele estava e se dirigiu para a porta. Ao sair, disse: "Desculpe, irmã, por esse probleminha!". A Dona Nermin ficou chocada com o ar despreocupado da mulher.

A Dona Nermin mandou o marido à casa da vizinha assim que ele chegou. Não havia nada de errado com o bebê, mas ela fez o marido prescrever um remédio para a criancinha tomar. Não era nada sério. A partir daí, todos os dias Nermin se ocupava do bebê, fazia papinha e cuidava dele. Aos poucos ela e a Ruhsar, a vizinha, se tornaram amigas. A Dona Nermin amava a criança como se fosse sua própria filha. Um dia, envoltas na languidez do calor do entardecer, elas conversavam no jardim, enquanto a Dona Nermin fumava um cigarro com o bebê no colo. Ela falava à vontade e abertamente, sem pensar, como com seu marido ou com um partidário: "Até hoje Deus nunca ajudou os pobres e necessitados". Quando a coitada da jovem mãe ouviu os pensamentos heréticos da Dona Nermin, deu um pulo, arrancou a criança de seus braços e gritou, horrorizada: "Irmã Nermin, não diga isso! Vire essa boca para lá ou Deus vai castigar você!". Foi embora e nunca mais retornou. Nem mesmo naquelas longas e austeras noites de neve...

A Dona Nermin se encontrava bastante com as vizinhas e conversava com elas, mas tomava todo o cuidado para jamais mencionar a palavra "Deus". Falavam sobre receitas, bordados, crochê, clima e de limpeza de casa. Esses assuntos se esgotavam rapidamente. As amigas não estavam interessadas nem nas receitas da irmã Nermin, nem queriam experimentá-las. Às vezes apareciam em grupos de duas ou três, reunindo-se na cozinha dela: "Irmã, ouvi dizer que você tem uma máquina muito boa! Mostre pra gente!", e se maravilhavam com a lâmina que cortava ovos cozidos, as facas para cortar vegetais em anéis *brunoise*, *julienne* ou *chiffonade*, o estranho amassador de massa de bolo com braços. Em seguida, amarravam o lenço sob o queixo e iam embora. Com o coração cheio de angústia, a Dona Nermin se sentava em total silêncio, enquanto as observava se afastarem. "O que pensam essas pessoas que não são hostis nem amigáveis comigo, para quem não sou nem desconhecida nem íntima? Pelo visto, não querem amizade nem inimizade. Por acaso sabem o quanto desejo que elas entendam que me amam? Elas sabem como eu gostaria de compartilhar com elas tudo o que tenho nas mãos e em meu coração?" E ficava no portão de seu jardinzinho, olhando longa e tristemente para as mulheres que lhe davam as costas e iam embora.

Quando o ano já estava quase acabando, a Dona Nermin teve um vislumbre do que pensavam seus vizinhos. Alguém passou na frente de sua casa, uma pessoa que ela não conhecia, mas que já tinha visto muitas vezes no café. O portão de madeira do jardim estava aberto. A Dona Nermin estava deitada na espreguiçadeira que montara sob a ameixeira, bem ao lado do piano de cauda, e olhava para o céu. Então ela deixou o olhar vagar pelas casas minúsculas, que se estendiam por três lados sobre as encostas nuas ao redor, até que finalmente voltou o olhar para o céu.

Ela pôs no colo o livro que estava lendo. O dia estava acabando. Um azul intenso envolvia a cidade. Um jovem caminhava preguiçosamente pela rua, passando pela casa de Ruhsar. Quando chegou ao portão do jardim da Dona Nermin, ele parou e se voltou para ela. Seus olhos se encontraram. Ele ficou paralisado, como se atingido por um raio. A Dona Nermin sem querer saiu de seu estado sonolento e se sentou. O jovem de repente cuspiu na direção do jardim, exatamente onde a Dona Nermin estava sentada e, sem se voltar, continuou seu caminho. Era um jovem magricela, alto e malvestido. A *Dona* Nermin não se desconcertou e, erguendo a cabeça como se nada tivesse acontecido, mirou o olhar no azul-escuro acumulado no centro da vastidão. "Coitado, deve ser mais uma vítima enganada pelo sistema", pensou. "Alguém sem eira nem beira. Cuspiria em mim se soubesse que desejo encontrar um emprego para ele, que desejo que ele seja feliz?"

Início do inverno. O pessoal da vizinhança da Dona Nermin queria saber o que aquelas pessoas depravadas estavam fazendo lá, de onde exatamente tinha vindo aquela mulher, linda, rica e que se vestia feito uma prostituta, que reunia toda sorte de vira-latas no seu jardim e farreava com eles; que convidava até mesmo os maridos alheios para dentro da sua casa, que se sentava à mesa com homens, bebia *rakı*, e alegrava o coração deles; cujas gargalhadas faziam os vizinhos que dormiam nas casas morro abaixo pularem da cama assustados. E ainda tinha aquele corno do marido dela. O que os dois, que minavam a moralidade daquela vizinhança, estavam realmente fazendo ali? Ela se jogou de bruços na cama. Uma dor insuportável percorria seu estômago. Tocou o sininho. Quando o camareiro surgiu, por um instante a Dona Nermin não sabia o que dizer. Logo se recompôs e perguntou: "Tem algum médico por aqui?", ao que o homem respondeu: "Não tem, não, minha senhora, mas dá para achar um", e saiu às pressas. Depois que ele se foi, ela se endireitou e sorriu afetuosamente. A dor desaparecera.

"Desde quando alguém é considerado superior apenas por ficar parado observando as pessoas sendo atormentadas?", ela perguntou uma vez ao marido. Eles discutiam cada vez mais nos últimos meses. As respostas tranquilas do marido a tiravam do sério. Mais uma vez ele não perdeu a compostura:

— Eu gostaria de saber qual de vocês entende realmente o que o povo quer! — Ele encheu o cachimbo e apertou o tabaco com força. — Você acha que pode ludibriar essas criaturas, que ainda têm uma cosmovisão pré-cristã e vivem sua existência como no século XII, persuadindo-as de que estão sendo exploradas, de que tudo que fazem é errado e todos os seus jejuns e orações são inúteis?

— Ludibriar? Ludibriar? — a Dona Nermin deu um salto. Isso aconteceu na noite em que ela levara uma cusparada no jardim do casebre. — Esse não é o vocabulário que você usava antes de os oportunistas arruinarem o partido... Agora me escute com atenção! — disse ela ao marido, que, entediado, soprou a fumaça do cachimbo até o teto fuliginoso do corredor do casebre. — Em primeiro lugar, essas pessoas, a quem você sempre se refere como "criaturas", são muito superiores em termos de habilidades e conhecimento. — Então ela se lembrou do cuspe grudado no chão do jardim. Ela o havia observado por um bom tempo: o rapaz cuspiu uma gosma branca que ele lutou para que saísse de sua garganta. O Seu Bedri deu uma risada nervosa:

— Sob qual ponto de vista?

— Sob todos os pontos de vista. Não me interrompa! Em segundo lugar, e eu acho que isso é o pior, por que você, como um intelectual que tem muitos pontos de vista corretos sobre o povo, não entrou para o partido para ser útil, e por que você não contribuiu em nada para acabar com esse sistema explorador? Você age como um contrarrevolucionário e um inimigo do povo...

— Não quero que você repita as coisas feito um papagaio — disse o Seu Bedri, enchendo novamente o cachimbo. Havia uma espécie de condescendência em sua atitude, o tipo de compaixão que alguém mostra com os doentes mentais.

— Sabe do que eles chamariam você? De traidor, traidor...

— Agora já chega! — gritou o Seu Bedri, tirando o cachimbo da boca e jogando-o contra a janela ao lado de sua mulher. O ruído do estilhaçar do vidro a fez recuar. Ela desabou no sofá, bem no lugar manchado pela sujeira do bebê. Não conseguia falar.

Ele disse:

— Estou farto dos seus caprichos e do seu comportamento heroico, de você se humilhar diante de um bando de pessoas idiotas que você chama de *povo, povo*. Cansado de ver como você se diverte com essas pessoas e zomba delas. Enjoei de ter que aquecer água numa lata, de viver nesta imundície, sob um teto que vaza água, dos vizinhos e dos membros do partido. E, acima de tudo, comecei a odiar ter que dormir com uma mulher sob cujo cobertor, todas as noites, jorram as bobagens de Lênin, entendeu?..

O ruído de um motor que sacudiu toda a vizinhança fez a Dona Nermin cair em si. Ela estava tremendo toda. Os estilhaços do vidro estavam espalhados no sofá. "Oportunista", sussurrou. Ela restava sozinha no casebre. As luzes ainda estavam acesas na casa do impressor Rıza, ao lado.

Cada vez que a Dona Nermin se lembrava daquela noite sentia uma dor aguda no estômago. Como isso pode ter acontecido com esse homem que ela abraçou e beijou por anos, essa pessoa que ela tanto amou e que agora era um estranho? Esse é seu maior sofrimento. "A sua alma é esse povo, seu povo amado, o qual, conforme você afirma, deve ser muito superior a mim. São pessoas que ouvem o rádio com uma cabeça que pertence a um tempo anterior à invenção da escrita. Eles ainda estão em processo de domesticação do cavalo, do camelo e do boi, e mesmo assim não tiveram êxito. Eles acabaram de aprender a fazer fogo. O que você sabe sobre o ser humano? O que *você* sabe sobre as pessoas? Você já saiu de Istambul? Por acaso aprendeu sobre as pessoas durante suas viagens pela Europa? Ah, sim, eles com certeza são muito superiores a mim. Você tem alguma ideia de quantos anos levamos para alcançar este grau de civilização? Quantos milênios desde a era Paleolítica até os nossos dias... E você vai colocar essas pessoas no meu nível em alguns anos apenas? Você vai determinar o meu valor de acordo com a cabeça delas? Eles são muitos e nós somos poucos; eles vegetam e nós só nos divertimos. Eles não deveriam estar vegetando e sim deveriam dominar. Onde estão a cabeça e o cérebro deles? Mas com que cultura?.. Com que conhecimento? 'Os russos parecem ter conseguido, assim como Castro e Mao... então por que os seus não podem vencer também?', você vive dizendo. Por quê? Por que o seu 'querido povo' se arrasta no chão feito um verme? Por que não consegue se libertar? Por que não se rebela? Por que eles não andam de cabeça erguida, mas olham para a ponta dos pés quando falam? Ainda se curvam subservientes quando nos cumprimentam, e nem mesmo conseguimos entender o que dizem, o que desejam. E você quer que eles nos dominem? Eles são muito superiores a mim, não é? Bando de idiotas! Se você pretende se compadecer deles, eu posso até dar-lhes esmolas. Mas se você quiser que eu os respeite, aí já é outra história..."

A Dona Nermin ficou surpresa por tê-lo ouvido sem o atacar; ela sabia que, se o atacasse, corria o risco de ser espancada por aquele homem tão impassível ao sofrimento alheio. Enquanto ela vivesse, não entenderia... Estava com medo. Nunca tinha visto o marido assim; ele era uma pessoa completamente diferente naquela noite...

Alguém bate à porta. O camareiro entra.

— Minha senhora, o médico está esquiando, deixei um recado pra ele. Assim que voltar, ele vai vir direto pra cá.

— Agradeço, mas se ele não vier, não tem problema. Minha dor de estômago passou!

— Meus votos de que a dor não retorne, minha senhora!

— Obrigada. Se não for muito incômodo, poderia desamarrar esses esquis dos meus pés? Não consigo me agachar...

— Às ordens, minha senhora!

O homem se abaixa e a Dona Nermin olha para os cabelos desgrenhados que pareciam ter sofrido uma pilhagem. Os fios eram tão duros que se assemelhavam a um monte de setas apontadas para o ar.

— Qual é o seu nome? — pergunta ela, indiferente, enquanto lhe apresenta o outro pé.

— Meu nome verdadeiro é Medain, mas como as pessoas acham ruim de dizer ele, me chamam de Fedai, minha senhora.

— De onde você é?

— Minha família veio da Bulgária. Família de fazendeiros lá. Eu tinha um ano e meio quando a gente chegou aqui.

— Quantos anos você tem?

— Nasci em 39, minha senhora... o meu pai morreu faz três meses; não conseguimos cuidar dele.

— Por que não?

— Quando o diretor regional deu o certificado de indigência e o pai foi finalmente levado pro hospital, já estava morto.

— O que ele tinha?

— Água no pulmão esquerdo.

O rapaz tinha terminado o que estava fazendo e já se levantava.

— Obrigada.

— Não há de quê. Sabe, minha senhora, não sai da minha cabeça algo que o meu pai falou antes de morrer: "Por muito tempo eu fui seu pai, agora eu quero que você seja como um pai para mim e não me entregue a estranhos...".

Os olhos do rapaz ficaram rasos d'água.

A Dona Nermin olhou, indiferente, para aqueles olhos. Ela tinha ouvido milhares de histórias parecidas. Já não se surpreendia, tampouco se entristecia. Apenas escutava.

— Você é casado?

— Sim, tenho mulher e dois filhos.

— Que Deus os proteja!

— Obrigado, minha senhora. Este ano o maior começou a ir pra escola. Já faz seis meses e ele ainda não sabe ler, minha senhora.

A Dona Nermin acendeu um cigarro. Ofereceu um ao rapaz que, aceitando, o enfiou no bolso.

— E você, estudou?

— Nunca fui pra escola, minha senhora, éramos gente da aldeia, de que serviria estudar? Mas, se não deu pra gente estudar, pelo menos o nosso filho talvez aprenda. Ele deve aprender alguma coisa, pra não ficar burro, não é, minha senhora?

— Ora, não fale assim!

— Ah, se ele pelo menos aprendesse a ler, minha senhora!

— Quanto você ganha por mês?

— Quinhentas, seiscentas liras, graças a Deus!

— Por que agradece a Deus?

O rapaz cruza as mãos e assume uma postura respeitosa.

— Eu mesma, por exemplo, recebo cinco mil por mês e já é difícil.

— Que Deus abençoe este país! A senhora é diferente, claro. Sim, nós aprendemos a ler um pouco no Exército, mas esquecemos de novo. Se o meu filho pelo menos aprendesse a ler, minha senhora...

— Não, ele não vai aprender! — disse a Dona Nermin com veemência, como se para enfurecê-lo. — Não vai dar, neste sistema, com um salário desses, não dá para mandar os filhos para a escola!

— Mas, o que podemos fazer, sem o apoio de ninguém?

Entreolharam-se por alguns segundos.

— Ora, isso vocês do *povo* é que têm que descobrir. *Nós* não temos preocupações. Dê uma olhada na vista daqui.

A Dona Nermin abre e vasculha o armário para escolher o vestido certo para o jantar. De cima a baixo, o armário está repleto de roupas de todas as cores. Fedai fica estupefato com todos os suéteres, jaquetas e calças.

A Dona Nermin não consegue decidir o que vestir. Ela pega uma blusa com enfeites cintilantes.

— Disseram que dois novelos de lã já dava, mas só deu pra metade...

— Metade de quê?

— Disseram assim, o seu filho é pequeno, então dois novelos bastam...

— ?..

— Minha mulher estava fazendo uma blusa de tricô, ela chegou a desfiar a lã, mas nem assim deu. Comprei outro novelo e não deu pra terminar as mangas...

A Dona Nermin dá uma volta para mostrar ao rapaz sua blusa prateada com um lacinho branco cintilante, e olha fixamente para ele. Pergunta-se se deve dar a ele um de seus suéteres de lã. Ela tem medo de que ele não compreenda seu gesto, esse homem, nascido em 39, um filho da República, um bruto de pernas tortas, ombros caídos, cujos cabelos e bigode eram uma coisa só e o rosto mal se podia divisar por baixo de todos aqueles pelos pretos. O que será que ele quis dizer com "o que podemos fazer, sem o apoio de ninguém?"?

A Dona Nermin disse zangada:

— Preste atenção! Eu comprei isto por seiscentas liras, o que equivale a um mês do seu salário. Há homens e mulheres que você vê aqui que usam roupas que valem pelo menos duas mil liras. Você entende o que eu estou tentando lhe dizer? Você entende?

O homem olhou para a blusa que a Dona Nermin pôs diante de seu nariz e estendeu a mão como se fosse tocá-la. A Dona Nermin a puxou de volta, e a mão dele ficou suspensa no ar por uns segundos. Foi então que ela percebeu a brancura de sua mão, tão grande quanto uma folha de figueira. A pele era tão delicada quanto as bochechas rosadas do bebê da Ruhsar, os dedos eram longos e as unhas escuras. Ela imaginou um gerente de banco ou um executivo de uma grande empresa que se tornara camareiro.

— Se você quiser, eu a dou para você levar para sua esposa. Se você quiser, pode ficar com tudo o que há neste armário. Mas... e depois? O que você vai fazer? O que será dos seus filhos?

Ele lambeu os lábios envoltos por pelos com sua enorme língua esbranquiçada, as mãos novamente naquela posição respeitosa.

— Ninguém está livre da queda, só Deus é todo-poderoso! Que aqueles que nos puseram nessa situação conheçam um destino pior do que o nosso... Meu avô?

Tinha terras e riquezas. Tinha muita coisa. Nem dava pra imaginar o quanto ele tinha. Dez vacas, trinta e três bois, quarenta e um bezerros, cento e oitenta e quatro galinhas, duzentos pintos e trinta e um galos... tinha gansos, perus, lagos, florestas, patos de cabeça verde, casas caiadas, um vilarejo inteiro. No fundo de um jardim bem grande, bem na frente de uma rua larga, um hotel enorme... e ele era o gerente. Então vieram uns homens e perguntaram: "Como você conseguiu esta propriedade bonita, esse dinheiro, esse hotel?". Tomaram tudo dele e espancaram ele. "Onde você escondeu o ouro?", perguntaram, mas não conseguiram fazer ele confessar. Meu avô tinha muito ouro. Eles não conseguiram fazer com que ele contasse onde estava escondido. Puseram dois caldeirões no jardim, um com água fervendo e o outro com água gelada. Então pegaram o meu avô, tiraram a roupa dele e mergulharam ele num caldeirão, depois no outro, num e depois no outro, e assim uma porção de vezes. Meu avô acabou falando onde estava o ouro: no fundo da jarra de conservas. Pegaram tudo. "Você pode continuar gerente do hotel, esse vai ser o seu único trabalho, mas você tem que nos dar metade do que lucrar."

— Em outras palavras, era como uma grande empresa, não? — disse a Dona Nermin. O homem a olhou espantado.

— Como assim? — disse ele, e uniu as mãos novamente. A Dona Nermin notou as enormes fissuras que havia em suas brancas mãozorras. Ela lembrou que nesse um ano em que viveu no casebre as palmas de sua mão também tinham adquirido fissuras. E como doíam, lembrou.

— Neste sistema você não vai conseguir mandar os seus filhos para a escola — repetiu ela. Sua voz pareceu muito sincera.

— Eu sou o responsável por este andar. Se precisar de qualquer coisa, é só me chamar, está bem, minha senhora?

Dona Nermin acompanhou Fedai até a porta e a trancou atrás de si. Jogou no chão a blusa prateada, que ainda segurava, fechou a janela e tirou a roupa. Pisando nas roupas, foi deitar-se na cama...

O inverno começou cedo naquele ano. Durante dias, a neve se acumulou na frente de sua porta. De vez em quando, o impressor Rıza batia na vidraça da janela repleta de neve e perguntava: "Está precisando de algo, irmã?". Ninguém, nenhum outro filho de Deus além dele ousava sair e bater na porta dela. Aqueles dias em que a Dona Nermin ficou presa em casa por causa da neve — dias em que vivera apenas com seu rádio de pilha, seus livros e seus pensamentos — pareceram anos. Sentia-se velha e inútil. Uma noite ela acordou com um barulho estranho. Não conseguiu identificar o ruído que, atravessando as paredes da escuridão, alcançou-a. Adormeceu novamente. Então, numa manhã, saiu o sol que rapidamente derreteu a neve acumulada na frente da porta, no jardim, na janela e sobre os muros. A água da neve derretida corria e transformava tudo em lama. A Dona Nermin abriu a porta com alegria e seus olhos depararam com um imenso charco. Tudo que ali havia existido desaparecera: a cerca podre do jardim, as vinhas, a acácia, a romãzeira, a ameixeira raquítica e o piano. Nada disso existia mais. Ela saiu. Na lama, os bordões do piano jaziam entrelaçados como cobras. As cordas agudas haviam desaparecido. A raiz esmagada da ameixeira, agora aberta como um tubérculo espinhoso, perfurava o ar. Depois que tudo secou, Dona Nermin foi procurar as teclas, aquelas maravilhosas peças de marfim. Ela as recolheu uma por uma, limpou-as com água e sabão e enxugou-as com uma toalha. Pegou as teclas e com tristeza colocou-as em maços vazios de Philip Morris, como se ali depositasse as cinzas de um ente querido. Em seguida, arrumou algumas roupas, acomodou-as em uma mala com os maços e voltou para a casa da mãe. No caminho, pensou nas coisas maravilhosas que experimentara; constantemente se obrigava a sorrir. Disse à mãe que tinha conhecido melhor as pessoas e que agora as amava ainda mais.

Ela se levantou, abriu a janela e se apoiou nela, olhando para baixo. Aparentemente os dois garotos tinham ido embora. No lugar onde eles tinham pulado via-se um buraco na neve. Ela avistou os contornos escuros de duas figuras que deslizavam até o sopé da montanha. À medida que se aproximavam, ela reconheceu a nora do dono da Doceria Özsüt, e seu instrutor de esqui. Fazia anos que era amante desse rapaz e fazia anos que o marido dela tinha um caso com a jovem nora dos Mitrani. Provavelmente compartilhamos o mesmo médico, que nos garante que estamos todos bem, pensa a Dona Nermin, rindo por dentro. As luzes do saguão no andar de baixo e o barulho dos foliões da alta sociedade se amplificavam na neve. A montanha é muito íngreme; os flocos de neve que agora caem aos poucos cobrem as fendas acidentadas.

Ela fecha a janela, puxa as cortinas e acende a luz. A caminho da cama, se vê seminua no grande espelho. Perdeu muito peso nos últimos dias, observa com satisfação. Ela não ousa olhar nos olhos dessa mulher rígida, que às vezes mostra um pedantismo quase patológico no tocante à moralidade. Curva o pescoço, olha para a ponta dos pés e, tal como fizera o Fedai, cruza as mãos diante de si e pergunta com voz embargada: "Estou no caminho certo? Estou me aproximando do meu povo?". A mulher lança um olhar de desprezo, depois estende as mãos a Dona Nermin e acaricia seu corpo nu: a cintura estreita, a barriga protuberante e ligeiramente flácida, o pescoço, os braços, os seios pequenos e caídos. Com um estremecimento, ela se lembra de como o Bedri beijava seus seios, os chupava e sorvia seu perfume.

Nos primeiros dias do casamento, a Dona Nermin não se deitou com o marido. Quando ficavam a sós no quarto, ele ia para cima dela, a agarrava com força e ejaculava nela. A Dona Nermin então lavava suas saias úmidas, manuseando-as com repugnância. Ser mulher não era o que ela esperava, ela não sabia o que fazer nem como fazer. De repente, enojou-se daquilo. Percebeu como todas as batalhas que liderou em nome da total liberdade das mulheres e todas as torrentes de palavras que proferiu com esse propósito não tinham sido algo que fizera por si mesma. Ela apenas queria se opor à injustiça, mostrar à sua família e à sociedade o que precisava ser feito. Quis ser uma pioneira, mas em algum lugar do caminho errou. Estava tentando descobrir qual havia sido esse erro. Ela discutiu isso com o Bedri. O homem jovem a ouviu com atenção e concordou com os argumentos dela. Então ele a agarrou com força e ejaculou nela...

Certa manhã, ela confessou ao marido que sabia o que havia acontecido entre ele e a irmã, mas que não se importava. Eles estavam na cama. Ele pôs a cabeça entre os seios de Nermin, chorou aos soluços e disse repetidamente: "Você é um anjo, eu amo você, por favor, nunca me deixe!". As lágrimas dele correram entre os seios dela, cobriram seu ventre e rolaram mais abaixo ainda. Talvez tenha sido a primeira vez que a Nermin olhou para o Bedri com atenção. Lentamente ela acariciou seu cabelo castanho-claro, seu pescoço forte, suas costas musculosas e flexíveis. "Não fique triste, não há razão para isso. Eu não vou deixar você." Então ela ergueu a cabeça e o beijou na boca. Beijando, ela aprendeu a beijar. O Bedri enxugou as lágrimas no travesseiro e olhou longamente para a esposa. Ela pôs os braços em volta do pescoço dele, fechou os olhos com força e entregou-se a ser mulher. Em algum momento, sua respiração ficou suspensa de dor, aí ela respirou fundo, esquecendo-se de tudo à sua volta. Então, ergueu a cabeça dele e o beijou na boca. Depois, pensou ter ouvido um estalo. Seus braços caíram para o lado, ela abriu um pouco os olhos e viu o Bedri apoiado no cotovelo e olhando para ela. Ela se perguntou se ele tinha feito a mesma coisa com a Meral. E chorou. "Eu magoei você, meu amor?", perguntou Bedri. Ela balançou a cabeça, beijou o marido e saiu da cama. Feito! Esse assunto está finalmente resolvido, ela disse com certa alegria. Foram anos até que ela conseguisse deixar de lado o constrangimento e a vergonha dos primeiros dias, e realmente fizesse sexo com o marido. Mas quando eles começaram a se dar bem, se acostumando um com o outro e apreciando os momentos de intimidade, "o povo" se meteu no meio deles...

"Será que estou desperdiçando a minha vida?", pergunta a Dona Nermin com tristeza, olhando para o seu reflexo no espelho. "E não presto pra nada, como minha mãe sempre diz, nem mesquita nem igreja? Ou sou alguém que bate a cabeça contra a parede, provoca feridas incuráveis a cada impacto e exclama a cada novo ferimento: 'Veja o que o sistema fez novamente de mim!'? E então corre sangrando, esperando que, ao ver esse sangue, a sociedade reconheça seus próprios erros. Depois de cada derrota, grito com o peito inchado e a autoconfiança crescida: Existe alguém tão sublime quanto eu e que não consegue se relacionar com esta sociedade? Que se sinta cada vez mais heroica, buscando novas feridas para poder dizer, 'Olha, eu sou dessas cujo esforço vai mudar o mundo', ao mesmo tempo que ninguém sequer nota as feridas, o esforço e o heroísmo? Será que realmente nos amamos?", perguntou, olhando para o bico do seio esquerdo, que era levemente maior que o direito, detalhe que o Bedri fora o primeiro a descobrir. "Foi realmente 'o povo' que se meteu entre nós, ou foi o Bedri que enjoou por completo de mim? Será que me deixou porque eu revelei que sabia do caso dele com a irmã e isso o fez se sentir inferior, ou a única razão foi que os meus seios perderam a firmeza?" Ela rebate as alegações da mulher no espelho de que é loucura responsabilizar "o povo" por isso: "*Você* é maluca!", e mostra a língua para ela. "Seja como for, não tenho tempo para esse tipo de pergunta. Voltarei para o meu povo. O Bedri me deixou completamente sozinha numa montanha nevada. Ele nunca mais perguntou sobre mim. Dizem que ele passa o tempo com loiras em lugares caros. Com loiras do povo...". Ela apoiou o cotovelo no espelho. "Foi isso que ele se tornou: um boxeador fracassado, um inimigo do povo, um porco fumante de cachimbos", disse ela, enrubescendo. Há um ano ela reluta em pensar em outros homens e se joga cada vez mais nos braços do povo. O que ela não consegue superar, o que não consegue digerir é ainda desejar exclusivamente um único homem: seu marido. Com relutância, ela afasta esses pensamentos. "Dediquei minha vida ao povo. Eu daria qualquer coisa por ele. Não haverá mais lugar na minha vida para problemas pessoais, eu amo muito esse povo", diz a si mesma. Com a palavra "amor", ela se acalma por um momento. Dá uma piscadela atrevida para o espelho, chega bem perto e pressiona todo o corpo contra ele. Ela gosta de como a frieza do espelho penetra seus seios, sua barriga, suas coxas. Pode sentir claramente o calor subindo de suas pernas. Pressiona o rosto contra o espelho e beija a mulher na boca, olha nos olhos dela e implora: "Você é um anjo, eu a amo, não me abandone!". Então ela vê sua blusa caída no chão em frente à porta. Ela baixa a calcinha até os joelhos e depois, retorcendo as pernas para a frente e para trás, a faz descer até os tornozelos, então a agarra com a ponta do pé direito e a arremessa contra o teto. No ar, a calcinha gira feito uma água-viva e flutua cambaleando ao pé da cama.

A Dona Nermin apaga a luz, acende o abajur da cabeceira, joga-se na cama tal como está e enterra o rosto no travesseiro de penas. "Viu, *monsieur* Jules Debray? Não deu em nada... Os anos se passaram, sou quase uma velha. É muito difícil entender esse povo", murmura. Sua voz, que sai abafada pelo travesseiro, lembra o estertor de uma pessoa se afogando. "Você tem razão", diz Debray, "mas você também é difícil de entender. E não adianta lamentar..." Ele acaricia o cabelo da Dona Nermin levantando o braço com dificuldade, como se estivesse doente. "Então, o que eu fiz de errado? Você pode me dizer o que eu não deveria ter feito?", pergunta a Dona Nermin, voltando-se para o homem jovem. "Você não fez nada de errado, absolutamente nada, não se pode dizer isso", responde Debray. "Está bem, e agora?", indaga a Dona Nermin. "Perguntei a mesma coisa para o Fidel uma noite dessas. Sabe, ele não gosta muito de mim, ou melhor, não confia em mim. Ele se levantou e foi embora no momento mais animado da conversa." "Eu acho que você não deveria esperar ajuda de ninguém", respondeu Debray, "ninguém pode salvar você, você mesma tem que cortar seu próprio cordão umbilical." Ele se levantou e caminhou com passos vacilantes em direção à porta... Quando ficou sozinha, a Dona Nermin disse para si mesma: "Olha esse filho da puta desgraçado! Com quem ele aprendeu a dar uma resposta tão atrevida a uma mulher que poderia ser sua mãe? Se ele tivesse um pingo de bom senso, teria seguido seu próprio conselho".

No momento seguinte, ela pensou no seu psiquiatra, jovem e bonito. O trabalho dele ia muito bem. Os pacientes se acotovelavam na sala de espera do consultório. Mas um homem para quem tudo ia às mil maravilhas não poderia realmente entendê-la e, no fim das contas, ela não o conhecia muito bem. "Ele é só um sujeito que se dá com todo mundo!", grita no meio do quarto. "Então quem?", se pergunta, imaginando todos os seus conhecidos. Nenhum deles lhe parece adequado. Ela não consegue nem se lembrar do rosto de algum de seus amigos da juventude. De repente, lembra-se de Ilitch, se envergonha, desliga a luz do abajur. Nesse momento, ela se vê cara a cara com Joseph. Eles riem. Depois do Bedri, ele é o único homem com quem ela sai de vez em quando. Ela se aninha nele, cheia de amor e ternura, e enterra o rosto em seu peito forte. "Fomos desmantelados novamente, Joseph, fomos pulverizados, dispersos..." Joseph a agarra pelo cabelo para afastar um pouco o queixo dela do seu peito. Olhavam um para o outro. "Vocês arregaçaram a barra das calças antes de avistar o rio", ele proverbiou. Como uma criança com medo do castigo, ela repete enfaticamente: "Não foi minha culpa. Fiz o meu melhor. Fui até o povo. Eu não poderia preencher essa lacuna de séculos de uma hora para outra. Além disso, as pessoas são teimosas, muito teimosas. Não pretendo desistir, você me conhece, ninguém vai conseguir me tirar do meu caminho...". "Eu sei que você não desiste", diz Joseph com um sorriso, acariciando o pescoço dela. Com a cabeça no travesseiro, ela se deita ao lado dele. "Você é o único que realmente me entende, sabe?", diz beijando-o no rosto. "E o que você vai fazer agora?", ele pergunta, curvando-se sobre ela. Ele parece ter uma cordial preocupação com ela, mas a respiração dele atinge seus lábios e a faz estremecer. "Eu não sei", ela murmura, como se para si mesma. "O povo é teimoso, muito teimoso, entende, Joseph? Eu falo com você como falaria comigo mesma. Não vou fingir que sou capaz de amá-los; amar é outra história, é algo concreto. Eu posso amar alguém, por exemplo, a minha mãe, ou você, mas um bando de pessoas que eu não conheço, todos ao mesmo tempo, me soa sem sentido. Tenho que amar o povo, esse era um dos critérios de honra das gerações que vieram antes de nós. Você tinha que memorizar: EU TENHO QUE AMAR O POVO, se quisesse ser considerado um intelectual. Eu digo 'tenho que' porque, enquanto eles não forem libertados, eu também não serei. Isso é algo calculado de minha parte, talvez oportunismo. Provém do conhecimento, não é uma virtude por si. Não é o tipo de comportamento que se adota esperando despertar no outro um sentimento de dívida. Eu luto pela humanidade, sacrifico a minha vida por isso. Posso estar certa ou errada no fim. Dedico-me a tornar as pessoas dignas de serem amadas, mas teria vergonha de dizer que o faço por amor a elas, você me entende?.." "É *isso* que se chama amor de verdade!", diz o homem, puxando o corpo da Dona Nermin contra o seu e beijando-a no pescoço. "Na frase 'eu amo o povo'", continua Dona Nermin, "há uma vergonha, uma arrogância, mas não sei dizer bem o que é!" "Minha garota insubmissa", diz Joseph, encostando os lábios no nariz dela. "Posso ser insubmissa", diz a Dona Nermin, dando risada, "mas não sou traidora como você", e logo em seguida lhe dá um longo beijo na boca para impedi-lo de falar. "Vou continuar o meu caminho, irei muito mais longe, quero me misturar com eles. Vamos juntos!", ela implora. "Impossível", diz o homem, passeando os lábios pelo corpo dela. O cabelo grosso dele roçava o queixo, a garganta, os ombros dela... "E por que não?", pergunta, com medo. "Você cansou de mim? Não me ama mais?" "Eu amo você, sim, e não me cansei", bufa o homem. "Eu amo você, mas não posso ir junto. Você deve realizar o seu próprio trabalho." "Mas eu quero estar com você. Preste atenção, Joseph", ela diz, "estou ficando velha, às vezes tenho medo, eu sempre estive sozinha, nunca recebi ajuda, mas agora quero dividir com alguém que amo o que resta da vida, o que o futuro me reserva, antes de morrer eu quero ver..." "Não se pode ter pressa com essas coisas", diz Joseph, rindo, e deita a cabeça em seu ventre. Ela puxa o cabelo dele para trás e pergunta com um sorriso: "Como assim, pressa? Vocês não tiveram pressa naquela época?". O homem ergue a cabeça e olha bem nos olhos dela. "Tudo o que nós fizemos foi no tempo exato", cobrindo a boca da mulher com os lábios. Ela grita como se estivesse com dor e se retorce um pouco sob seu corpo forte. Ele a possui com mais e mais paixão e a pressiona para baixo até ela não conseguir se mexer. Ela afunda as unhas naquele corpo pesado e, puxando-o para bem próximo de si, geme: "Como você é bonito. Traidor, bruto, cruel, mas adorável. Não vou desistir de você jamais. Não me deixe, por favor, não me deixe". O homem diz: "Não pare, não pare", tremendo, à medida que enterra a cabeça entre os seios dela. A Dona Nermin vira a cabeça para a esquerda e para a direita, primeiro lentamente; então, o seu corpo sobe e desce com rapidez, se expande e encolhe feito um polvo. Ela é como um acordeão que toca por si só sem emitir som. Mas assim que o som sai, é um grito: "Joseph! Bedri! Bedri! Joseph!". Ela se atira contra a cama, uma e outra vez, debatendo-se no colchão, e finalmente jaz imóvel como uma esfera, uma esfera de rosas negras feitas de nuvens.

O brilho púrpura da neve através das cortinas ilumina primeiro o braço direito da Dona Nermin pendurado na cama, depois o esquerdo, que ainda aperta com força o travesseiro de penas contra o peito. Um lado do seu rosto está azul, o outro, completamente escuro. Nesse momento, ela parece uma mulher do seu amado povo, um povo que sofreu por anos e não quer mais ser libertado. A Dona Nermin recolhe a blusa do chão, escolhe uma calça de brocado para combinar, veste a roupa, penteia o cabelo, olha no espelho seus lábios inchados. Então escuta baterem na porta. Ao abrir, eis que surge o Fedai. "Ah, é você?", diz ao homem. Ela achou que não o veria novamente. "Mande me prepararem um uísque com soda e um sanduíche!" Abre a cortina, apoia a testa no vidro e inicia a espera. A escuridão vai invadindo os quatro lados do hotel e se afunda em um abismo de brancura. É como se um vórtice no meio desse abismo fosse tragá-la. Então ela apoia as costas na janela e se volta rapidamente para a porta. Pela porta semiaberta, o Fedai entra com uma bandeja. Com ele o ruído do saguão invade o quarto. "Deixe aí", diz ela enquanto o homem se aproxima e o seu cheiro intenso se espalha pelo quarto. "Ai, que cheiro é este?", perguntou a Dona Nermin. Olhando a sua volta, ela depara com o homem em pé diante dela, o cabelo untado, repartido, oleoso e brilhante. Os olhos pretos minúsculos do Fedai passeiam pela blusa com enfeites cintilantes da Dona Nermin, e descem, como se quisessem se achegar, feito uma mariposa, aos fios brilhantes de sua calça. De repente, ela se sente como no dia em que foi levada para a delegacia, detida por um policial, e teve medo de ser violentada por ele. Ou ele está me espionando? Ela franze a testa e diz: "Avise na recepção para me acordarem às seis da manhã".

— Por que tão cedo, minha senhora?

— Porque surgiu outra viagem.

— ......

— Pode ser?

— Pode ser. Pode ser, minha senhora. Mas por que o meu filho não pode estudar?

— Por que você quer tanto que o seu filho estude, meu Deus!?

— Bom, pra ele ser alguém na vida, minha senhora, se tornar um funcionário público, não ter que rastejar na vida como eu.

Se dependesse de pessoas como ele, então só haveria funcionários públicos na Turquia! Ela ri por dentro e toma um gole do uísque.

— Talvez ele consiga estudar, sim, vamos ver, se Deus quiser! Deus permita! Talvez se torne sim um funcionário público ou um chefe de gabinete. Pode ir agora. Se eu precisar de qualquer coisa, chamo você.

— Às ordens, minha senhora.

O homem sai do quarto. As palavras de Dona Nermin ecoam, ricocheteiam nas paredes e explodem em seus ouvidos. "Se Deus quiser! Deus permita!" Ela entorna o copo de uísque e por um instante seu rosto reluz com determinação. "Bom, e de que outra maneira eu deveria ter falado com o nosso Medain, Joseph?", ela diz, rindo.

A Dona Nermin tira as roupas do armário e as enfia na mala que tinha transportado seus pertences de Taşlıtarla para a casa da sua mãe, deixando de lado a mais fina e mais vistosa para a esposa do Fedai. "Eu não vou mais usar estas coisas, Joseph. E vou mais fundo ainda, irei novamente até meu povo." Ela endireita as costas. Olha para o espelho. Sorri. Estava satisfeita consigo mesma.

Àquela mulher que aparece no espelho ela pergunta: "VOCÊ, ME DIZ, *VOCÊ* AMA AS PESSOAS?".

ALFABETO TURCO

LETRA		PRONÚNCIA (exemplos)
A, a	–	g**a**to
B, b	–	**b**arco
C, c	–	**Dj**ibuti
Ç, ç	–	**tch**eco
D, d	–	**d**ado
E, e	–	t**e**to
F, f	–	**f**aca
G, g	–	**g**aivota
Ğ, ğ	–	(letra muda, prolonga a vogal anterior)
H, h	–	fe**rr**o
İ, i	–	pa**í**s
I, ı	–	l**e**sma
J, j	–	**j**anela
K, k	–	**c**apa
L, l	–	**l**aranja
M, m	–	**m**osca
N, n	–	**n**ós
O, o	–	n**ó**
Ö, ö	–	como no alemão g**ö**tter
P, p	–	**p**eixe
R, r	–	mu**r**o
S, s	–	pa**ss**o
Ş, ş	–	**x**ícara
T, t	–	ma**t**o
U, u	–	t**u**do
Ü, ü	–	como no alemão **ü**ber
V, v	–	**v**erde
Y, y	–	d**i**a
Z, z	–	**z**ebra

GLOSSÁRIO

Acemaşiran padrão melódico (*makam*) da música clássica otomana.

Akçe a menor moeda de prata otomana.

Bayram festa religiosa muçulmana em que os mais novos beijam a mão dos mais velhos em sinal de deferência.

Börek pastelzinho recheado com carne, queijo branco, espinafre ou outros legumes.

Düyek padrão rítmico (*usûl*) em 8 / 8 tempos.

Fatiha "abertura", primeira surata do Alcorão.

Gazi título dado a Atatürk, o "Vencedor na Guerra de Libertação Nacional".

Hoca "mestre", título usado para professores, líderes espirituais e pessoas sábias em geral.

Horon dança folclórica típica da região do mar Negro.

Huris moças (virgens) de grande beleza, segundo o Alcorão.

Hüseyni sequência melódica padrão complementada por um tetracorde em Lá.

Kamusül-Alâm enciclopédia histórico-geográfica em seis volumes, editada por Semseddin Sami Bey entre 1889 e 1899.

Kemençe instrumento de cordas tocado com arco.

Kuruş subdivisão da lira turca (que equivalia a cem kuruş); piastra.

Lakerda 1) prato feito de postas finas de atum defumado; 2) modo de salgar o peixe sazonal.

Laz grupo étnico nativo das zonas costeiras junto ao mar Negro do nordeste da Turquia e sudoeste da Geórgia.

Mahlab tempero aromático feito das sementes da espécie de cereja “Prunus mahaleb”.

Manat designação do rublo soviético nas línguas azeri e turcomena.

Mevlût reunião entre amigos e familiares para que seja feita uma corrente de orações com propósitos diversos (para os recém-casados, os doentes, os mortos). Na ocasião, a família distribui doces aos participantes. Também nome próprio masculino.

Mösyö do francês *monsieur*.

Oud instrumento de cordas em forma de meia pera ou gota, tocado com uma palheta.

Para termo geral para “dinheiro”; anteriormente, um quadragésimo de uma piastra.

Rakı bebida tradicional da Turquia, é um licor feito de figos, uvas e passas de uva, aromatizado com anis.

Saz família de instrumentos musicais de cordas muito popular na Turquia.

Tulum tipo de gaita-de-foles turca.

Turşu espécie de picles; pepino em conserva.

Yali mansões de veraneio junto ao Bósforo, em Istambul.

Zurna instrumento de sopro de palheta semelhante ao oboé.

Título original: *Tuhaf Bir Kadın*
Publicado originalmente em turco em 1971.

© The Literary Estate of Leylâ Erbil
A publicação deste livro foi acordada com The Literary Estate of Leylâ Erbil via AnatoliaLit Agency.
Nenhuma parte deste livro pode ser reproduzida, em nenhuma forma, sem a permissão por escrito do editor.

Edição LUCI COLLIN
Coordenação editorial LAURA DI PIETRO
Revisão ISABEL JORGE CURY, LIVIA LIMA
Capa, projeto gráfico e diagramação BLOCO GRÁFICO
Assistentes de design NATHALIA NAVARRO, FELIPE REGIS

Imagem de capa ANA CARTAXO [SEM TÍTULO, 2019]

Este livro atende às normas do Novo Acordo Ortográfico em vigor desde janeiro de 2009.

Dados internacionais de Catalogação-na-Publicação (CIP)

E657m
Erbil, Leylâ [1931–2013]
Uma mulher estranha / Leylâ Erbil
Tradutor: Marco Syrayama de Pinto
Rio de Janeiro: Tabla, 2022
224 pp.

Tradução de: Tuhaf Bir Kadın
Tradução do original em turco

ISBN 978-65-86824-23-0

1. Ficção turca. I. Pinto, Marco Syrayama II. Título.

CDD 894.353

Roberta Maria de O. V. da Costa, bibliotecária, CRB-7 5587

Todos os direitos desta edição reservados à
Editora Roça Nova Ltda.
+55 21 997860747
editora@editoratabla.com.br
www.editoratabla.com.br

As fontes usadas na composição deste livro foram:
Dover Serif (por Robin Mientjes) em *A filha*;
Tiempos Text (por Kris Sowersby) em *O pai;*
Bely Regular (por Roxane Gataud) em *A mãe;*
Maiola Pro Regular (por Veronika Burian) em *A mulher*.
O livro foi impresso em papel Pólen Soft 80 g/m²,
pela gráfica Exklusiva em fevereiro de 2022.